はぐれ奉行 龍虎の剣

滅びの妖刀

早見　俊

コスミック・時代文庫

この作品はコスミック文庫のために書下ろされました。

目次

第一話　鎌鼬《かまいたち》の天罰

一

文政五年（一八二二）の弥生は寒の戻りが激しく、真冬のような日が続いた。桜はあっという間に散り、天変地異の前触れなどという噂がまことしやかに語られている。

五日の昼さがり、結城《ゆうき》大和守《やまとのかみ》虎龍《とらたつ》は、江戸城から西の丸下にある上屋敷に戻った。

藩邸《はんてい》に戻ってからも、居間に向かうわけではない。

寺社奉行用部屋に入ったのだ。

虎龍は数え二十八歳、中肉中背ながら裃の上からでも武芸で鍛えたがっしりとした身体つきとわかる。虎龍という名とは裏腹な柔和な面差《おもざ》し、細面で鼻筋が通り、切れ長の目が涼やかだ。

虎龍は結城家の三男であった。長男と次男は夭折《ようせつ》し、彼だけが元服するに及び、父の政義《まさよし》が『虎龍』と名付けた。

政義は、虎龍が強い男になるよう、虎か龍を名前の一字につけようと考えたのだが、虎と龍、どちらがよいかさんざん迷ったあげく、両方の字を名前にしたという次第である。

政義から名前の由来を聞くたびに、虎龍は喜んでいいのか、父の適当さを恨むべきか、複雑な思いに駆られてきた。

その父は三年前に隠居し、国許《くにもと》の美濃国恵那《みののくにえな》城で悠々自適の暮らしを送っている。結城家は譜代《ふだい》五万五千石、歴代藩主のなかには老中を務めた者もいた。

かくいう虎龍も、老中への登龍門たる寺社奉行に就任し、三か月あまりが経過していた。

だが、父の期待とは裏腹に、虎龍には老中への野心などない。

「兄上、お疲れさまです」

亡き妻、百合《ゆり》の妹である菊乃《きくの》が、お茶を持ってきた。

菊乃は百合の七つ下、数え十八歳の娘盛りだ。七つの年齢差のせいか、百合とはさほど似ていない。ほっそりとして楚々としたたたずまいの百合に対して、ややぽっちゃりとした菊乃は、黒目がちな瞳と相まって可愛らしさを感じさせる。ほがらかな人柄、はきはきとした物言いが、お転婆な印象を与えてもいた。

桃色地に花鳥風月を描いた小袖に、紅色の帯がよく似合っている。髪を飾る花簪《かんざし》は、弥生らしく桜だった。

百合と菊乃の父、松川備前守貞道《まつかわびぜんのかみさだみち》は、三河国蒲郡《みかわのくにがまごおり》藩五万石の大名で老中勝手《かって》掛《がかり》の重職にある。勝手掛とは、幕府の財政を担う役割であった。

「すまぬな」

虎龍はお茶を飲んだ。

茶碗を両手で持つと温もりが伝わり、かじかんだ手が解れてゆく。

菊乃が出てゆくと入れ替わるように、

「大変でござりますぞ！」

寺社役の藤島一平《ふじしまいっぺい》が、用部屋に入ってきた。

寺社役は神官や僧侶の犯罪や素行を調べる役目であり、寺社内で起きた犯罪の探索や興行を監督する、大検使という役目を兼務する。寺社奉行を務める大名家の用人、物頭、番頭といった上士から選ばれた。

茫洋《ぼうよう》とした平目のような顔つきとあって、頼りなさそうな一平であるが、身分は上士、家禄は三百石である。

続いて、白川薫《しらかわかおる》も姿を見せる。

この白川薫、なんと都からやってきた従四位下《じゅしいげ》の位階を持つ公家だ。朝廷の祭祀を司り、諸国の官社を統括する神祇官《じんぎかん》の長、神祇伯の官職にある。

松川貞道が菊乃の和歌の指南のために招き、松川家の上屋敷に逗留《とうりゅう》しているのだが、菊乃についていって虎龍を訪ねるうちに、あやかし話を通じて親交を深めたのである。

立烏帽子《たてえぼし》を被り、白の狩衣《かりぎぬ》に身を包んだ薫は公家らしい優男で、典雅な雰囲気を醸しだしこそしているが、物言いには遠慮会釈《えんりょえしゃく》がなく、容貌とは裏腹な毒舌を弄《ろう》する。

火鉢のそばに座した一平を追い払うようにどかせて腰をおろすと、両手をかざして暖を取りながら、

「一平さん、あんた、いつも大変やな。平穏なときはないのかいな。あんたひとりが戦国の世に生きておるようなもんや。そのわりに太平楽な顔やがな」

さっそく毒舌を吐いた。

それでもめげずに一平は大真面目な顔で、

「本当に大変なことが起きたのです」

と、声を大きくした。ところが薫がくさしたように、茫洋とした顔つきのため、いっこうに危機感が迫ってこない。ただ、小袖の襟と髷《まげ》が乱れているのが、切迫した様子を物語っていた。

薫はあくびを漏らし、露骨に一平を小馬鹿にした。

見かねるように
「いかがしたのだ」

虎龍が鷹揚に問いかけた。

それが大変なのです、と一平は口癖となってしまった台詞を繰り返し、

「鎌鼬《かまいたち》ですよ」

両目を見開いた。

相手にしていなかった薫であったが、

「ほう、鎌鼬かいな」

途端に興味を示した。

鎌鼬とは、つむじ風に乗って現れる妖怪である。鎌のような爪を持つ鼬のよう

な姿だと伝えられている。鎌鼬に遭遇した者は、鎌で抉られたような傷を負う、とされてもいた。

さっそく一平は、詳細を語りはじめた。

今朝のことだった。

湯島天神《ゆしまてんじん》近くにある稲荷の境内で、亡骸《なきがら》が見つかった。ついては、検分を願いたいと、南町奉行所から要請があった。

その稲荷は、鬱蒼《うっそう》とした雑木林が周囲を囲んでいて昼間でも薄暗い。このため、暗闇稲荷の通称で知られていた。

これと決まった神主はいないのだという。それほどに目立たぬ小さな稲荷なのだろう。

裃ではなく動きやすいように、羽織、袴に着替え、一平が駆けつけてみると、南町奉行所の定町廻《じょうまちまわ》り同心・伴内丑五郎《ばんないうしごろう》と岡っ引の豆蔵《まめぞう》がいた。

名は体を表すの言葉が、これほど似合う男も珍しい。伴内丑五郎はまさに牛のような巨体で、一歩も退かない鈍牛《どんぎゅう》の雰囲気すら醸しだしている。おまけに、日に焼けた真っ黒の顔は、太い眉と小さな目、大きな鼻と分厚い唇を備えており、睨《にら》まれたら女子どもなどは泣きだしてしまいそうだ。

一平とて、寺社役になっていなかったなら、生涯交わることのない手合いだろう。

一方の豆蔵は、伴内とは対照的に小柄で丸顔、これまた名前を想起させる。

「これは、大検使さまの登場だ」

伴内は豆蔵に語りかけた。大柄な伴内が小男の豆蔵に言葉をかける様は、大人が子どもに言って聞かせるようだ。

日頃から、伴内は一平を見くだしている。殺しの探索にかけては練達《れんたつ》である自分に対し、寺社役の一平は素人だと蔑んでいるのだろう。

からかう伴内の相手はせずに、

「亡骸は……」

一平は境内を見まわした。

賽銭箱の前に、亡骸がうつぶせに横たわっていた。月代《さかやき》が伸び、よれた小袖に袴という外見からして、浪人のようだった。

寺社の境内で起きた事件や問題は、寺社方の領分だ。そのことを気にしてか、

「なにも、寺社方の領分に踏みこむ気はござんせんぜ」

伴内は言った。

言葉の裏には、ひとりで探索をできるものならやってみろ、という態度が見てとれる。

「いや、そうは言わず、いろいろと手助けをしてくれるとありがたい」

心にもないことを言いながら、一平は亡骸をあらためた。

六尺はあろうかという大柄な男だ。

首筋が横一文字に切り裂かれ……というより抉《えぐ》られている。赤黒い血が周囲に飛び散っている、凄惨《せいさん》な様相だ。思わず顔をそむけたくなったが、伴内に嘲笑《ちょうしょう》されてはならじと、じっと視線を動かさず、傷口をのぞいた。

「傷は思いのほかに深いな」

一平がつぶやくと、

「仏はおれよりもでかい。その首筋を切り裂くとは、下手人《げしゅにん》も背丈がありますな。傷は横に真一文字、しかも、下から切ってはいない。傷口からしても、下手人はでかい。しかも、大柄なだけじゃなくてすばしこい。浪人は背後を振り向く暇もなく、やられているんですからね」

立て板に水のごとく、伴内は下手人像を語った。さすがは練達の八丁堀同心だと、ここは素直に感心した。

「ならば、大柄な男を探すか。この界隈を聞きこめば、見かけた者がいるかもしれない」

聞きこみの手がかりがあって、一平は俄然やる気になった。

ところが、

「鎌鼬だって噂ですぜ」

妙なことを伴内が言いだした。

一平は立ちあがり、伴内に向いた。

「これで三人目なんですよ」

暗闇稲荷の鳥居前で、五日前と三日前にも死者が出たそうだ。ひとり目はやくざ者、ふたり目は炭問屋の主人であった。

どちらも浪人と同じく、首筋を深々と抉られていたのだそうだ。

「鳥居の外でしたのでね、こちらで調べていたんですよ」

伴内は言い添えた。

本来、寺社の門前町も、寺社奉行の領分であった。ところが時代を経るにつれ、門前町には盛り場が形成された。盛り場には、料理屋や矢場、幕府官許《かんきょ》ではない遊郭……すなわち岡場所がある。賭場も開帳されることがあり、自然と、博徒ややくざ者といった荒くれ者が闊歩《かっぽ》する。罪人がまぎれることもある。

そのため、寺社奉行配下の役人ではいささか手にあまり、南北町奉行の領分となったのである。

そのことを、伴内はわざわざ強調しているわけだ。

三人の死者はいずれも首筋を鎌で抉ったような傷跡があり、それが死因とあって、界隈には、鎌鼬が現れたのではないか、という噂が流れているのだとか。

「鎌鼬なんて物の怪が下手人じゃ、おれたち町方は相手にできませんのでね。それで、ここは寺社方にお任せしようってんで、大検使さまをお呼びたてしたってわけです」

浪人の死骸は、暗闇稲荷の境内で見つかったため、当然、寺社役たる藤島一平が探索にあたる。となれば、同じ死因の面倒な殺しをまとめて寺社方に任せてしまおう、というのが伴内の真意のようだ。

「大検使はやめてくれと申したはずだぞ」

一平が抗議すると、こりゃすんません、と返した。

「それはともかく、本当に鎌鼬という妖怪の仕業で間違いないのか」

一平は念を押した。

「大検……いや、藤島さま。三人には、いずれも首筋を鎌で抉ったような傷がありました。鎌鼬の仕業としか思えませんね」

どこまで本心なのか、伴内は確信めいた物言いをした。

「人が鎌を使って殺した、とも考えられるではないか。いや、むしろそう考えるのが自然だろう。この浪人を殺した、大柄な男を探すべきだと思うぞ。三人の傷口が鎌鼬の仕業のようだとしても、人が殺したのを前提に探索すべきだ」

一平は胸を張って反論した。正論を吐いたつもりだった。

暦のうえでは晩春だが、寒風が吹き抜け、日が差さないとあって寒さもひとしおである。

「それがですな……」

勿体をつけるように、伴内は周囲を見まわし、暗闇稲荷の説明からはじめた。

亡骸が発見された日にかぎらず、この稲荷を参詣する者は稀だそうだ。近所の住人たちがたまに油揚げを供えているらしいが、それでも子どもたちには遊ばせないようにしているのだとか。

「物騒だものな」

一平が言うと、

「そうなんですよ。とくに、あの雑木林ですがね、蝮《まむし》が出るんです。いまは冬眠しているから大丈夫でしょうが、餓鬼《がき》どもが足を踏み入れないように、常日頃から親たちが用心をしているんですよ」

伴内も境内に視線を走らせながら、説明を加えた。

「すると、三人の死に関して目撃者はいないのか」

「いなくはないんですよ」

伴内は豆蔵に目配せをした。おまえから話せと言いたいようだ。豆蔵は聞きこみの成果を話しはじめようとしたが、

「鳥居を出たほうがいいな」

伴内が歩きだし、一平と豆蔵も続いた。

鳥居の前はせまい路地で、五十間《ごじっけん》の距離の向こうに大通りがある。

その境には木戸番があった。

「あそこの番太がですよ」

と、豆蔵は話した。番太とは、木戸番小屋の管理人である。

どうやら番太は、死んだ三人を目撃していたらしい。

「まず、今月の一日、ひとり目のやくざ者……紋吉《もんきち》っていうごろつきですがね、紋吉が暮れ六つ時に路地を入ってゆくのを、番太が見ていたんですよ」

ところが、それ以降、ほかに誰も通らなかったそうだ。

「たしかですよ」

豆蔵は念押しするように語調を強めた。

「続いて三日のやっぱり夕暮れ時、ふたり目となる炭問屋駿河屋《するがや》の主人、仁左衛《にざえ》門《もん》さんが、暗闇稲荷に向かったそうですよ」

やはり、仁左衛門もひとりであった。

そして目前で亡骸となっている浪人、猪俣誠之助《いのまたせいのすけ》もまた、ひとりきりで稲荷に向かい、そのあと誰も見ないまま殺されてしまった。

もちろん、ふだんの暗闇稲荷に、まったく人が訪れないわけではない。数人がまばらに参詣に向かうこともあるらしいが、いずれにしても昼間である。

「それがこの三日というもの、昼間は雨だったでしょう。殺された三人以外に、暗闇稲荷に参詣に訪れた者はいなかった、という話です」

「ではどうして、三人は暗闇稲荷を参詣しようとしたんだろうな」

一平が疑問を呈すると、

「それが、さっぱりわからないんで」

番太にも心あたりがないという。豆蔵の聞きこみを受け、伴内が言った。

「とにかく、そんな摩訶不思議、この世のものとも思えぬ一件とあれば、おれたちの出る幕じゃないんでね。ここはぜひとも寺社奉行、結城大和守さまにお裁きいただきたいと、藤島さまをお呼びだしたってわけで」

伴内の言い草は癪《しゃく》にさわるが、たしかに、虎龍向きの事件に違いない。

それに、白川薫も大喜びで飛びつくことだろう。

二

「……とまあ、こんな次第なんですよ」

一平は報告を終えた。

「なるほど、これはおもろいなあ」

案の定、薫は両目を爛々《らんらん》と輝かせている。

一方の虎龍も、まんざらでもない様子である。

「寺社方で探索を進めますか」

一平が確認すると、

「決まっているがな」

虎龍よりも先に薫が返事をしたが、薫に決定する権利などはない。寺社奉行とも幕府とも、なんら関係はないのだ。

もっとも、朝廷で神社を統括する神祇伯であるため、これまでも無理やりに事件探索に介入してきているが、本来、神祇伯は有名無実の官職である。

もっとも、神祇官ばかりか関白や左右大臣すらも、いまや名ばかりの官職。いわば名誉職であるのだが……。

「鎌鼬か」

つぶやくと、虎龍は思案をはじめた。

鼬の姿だとされているが、姿は現さず、ただつむじ風が吹き抜けるだけだという説もあり、そうであれば実体のない妖怪である。もっとも、妖怪に実体などあるのかはわからぬが……。

もし本当に目に見えぬ妖怪、つまり、つむじ風のようなものならば捕えようがない。

探索の玄人だと自負する伴内丑五郎があっさりと手を引き、恩着せがましく寺社方に探索を任せたのも、鎌鼬をお縄にする困難を嫌がったのだろう。捕縛《ほばく》できない妖怪を追いかけるなど、骨折り損のくたびれ儲けだ。

それを思うと、途端に一平は貧乏籤《びんぼうくじ》を引かされた気分になってきた。

「やっぱり、麻呂《まろ》は遠慮しとくわ」

どういう心境の変化か、薫もあっさりと興味を失ったようだ。

実体のない妖怪に思いを馳せ、気持ちが冷めたのかもしれない。

「そうですか、それは残念です」

一平は心にもないことを言った。正直、薫の口出しがなくなったことで、ほっと安堵した。

すると、

「ところで虎龍さん。本当に鎌鼬の仕業だとしたら、どないしてお縄にするつもりや」

真顔で薫は問いかけた。

虎龍が答える前に、

「どじ平、あんたは、どない考えているのや」

一平にも問いかけてくる。

「あ、いえ、そこまでは考えておりません」

「頼りないことやな」

しどろもどろになった一平に、薫は辛辣な言葉を投げる。

むっとなったところで閃いた。一平は声を弾ませて言った。

「袋です」

「はあ……」

小馬鹿にしたように、薫は白けた顔で問い直した。

「袋ですよ。大きな袋を用意して、鎌鼬を捕えるのです。暗闇稲荷に大きな袋を持ちこんで、つむじ風が起きるのを待てばいい」

どうだとばかりに、一平は胸を張った。

「なるほど、袋の中の鼠ならぬ鼬か……」

と、薫は納得したようにうなずいてから、

「阿呆！」

一転して罵声を浴びせ、

「どないして鎌鼬を袋の中に入れるのや。いつ襲ってくるかもわからへんのやぞ。何日も袋持って、ぼけっと待っているんかいな。それに袋なんぞ、鎌鼬にかかれば切り裂かれてしまうで」

勢いよく薫はまくしたてた。

「そ、それもそうですな」

反論できず、一平はうなだれてしまう。

そこで、虎龍が冷静な意見を述べた。

「まずは、三人の死の真相をあきらかにすることだ。そもそも、三人の死は本当に鎌鼬によるものなのかどうか。それをはっきりとさせなければならぬ」

「ごもっともでござります」

面をあげ、一平は賛同したが、

「ふ〜ん、鎌鼬じゃないとなると、人の手による仕業……つまり、殺しということかいな。ほんでも、人の仕業とは考えられなかったんやろう」

不満そうに、薫は一平に問いかけた。

「南町の伴内によると、そのようです」

「他力本願やな。あんた、探索もしとらんうちに、伴内の言いなりになっているだけやないか。そんで寺社役が務まるのかいな」

上役でもない薫に説教されるのは理不尽なのだが、言いわけや反論をすれば、何倍もの嫌味が返されるだろう。黙ってこらえるにかぎる。

一平としては、まず虎龍に報告してから探索に取りかかろうとしたのだが、それも言いわけにしか聞こえまい。

「申しわけございません」

背筋をぴんと伸ばし、一平は頭をさげた。

あっさりと一平が非を認めたことで、薫は言葉の継ぎ穂をなくしてしまったようだ。それゆえ、一平から虎龍に視線を向け、

「さすがは虎龍さんや。風聞《ふうぶん》を真に受けんと地道な探索をする、それが役目というものやな。ようわかったかいな、どじ平」

虎龍を誉めにかかったが、結局のところ一平を責めた。

「わかっておりますよ」

「だったら、ちゃんと自分の目で見て、耳で聞くことや。妖怪、物の怪なんていう、怪しげな話に振りまわされたらあかんで」

わけ知り顔で説教する薫に、そのままそっくり返してやりたいが、そういうわけにもいかない。

「しかし、死んだ者以外、誰も暗闇稲荷に行かなかったのが本当だとしたら、や

っぱり、鎌鼬の仕業ということになるわな」

妖怪を否定しておきながら、舌の根も乾かぬうちに薫は鎌鼬の仕業かもしれない、などと言いだした。

「本当に誰もいなかったのかを含めて、探索をする」

薫の危惧《きぐ》を断ちきるように、虎龍は言った。

「やります」

己を鼓舞し、一平も決意を示した。

「まあ、せいぜい、がんばりなはれ。もし、鎌鼬の仕業やとつきとめたなら、麻呂が祈禱《きとう》をしてやるがな。そうすれば、お縄にはできんでも、二度と悪さをせんようにはできるからな。遠慮なく麻呂を頼りなはれ。虎龍さんと一平のためやったら、ひと肌脱いでやるわ」

恩着せがましく、薫は話を締めくくった。

「それは頼もしいですな。百人力を得る思いです」

やれやれと思いながら、一平はおだてた。

虎龍は裃姿のまま御殿仏間に入ると、仏壇の前に座った。燈明《とうみょう》を灯し、線香を供えると、亡き妻、百合の位牌《いはい》に両手を合わせる。

「百合、舅殿《しゅうとどの》に推挙《すいきょ》していただいた寺社奉行職、どうにか務めているぞ……なんだと、朋輩《ほうばい》方とうまくやっているか、だと……もちろんだ……とは申せぬな。わかっておろう、相変わらずのはぐれ者だ」

朝と夕、虎龍は仏壇前に座して、妻とやりとりを……いや、あの世の百合が答えてくれるはずもなく、ひとり語りをするのが日課となっていた。

生前、百合が危惧していたように、そしてあの世でも心配しているであろうが、虎龍は寺社奉行たちの間で浮いていた。

寺社奉行は、譜代大名から選ばれた奏者番の加役として任命される。奏者番は江戸城の典礼を司る役職で、定員は定められておらず、二十名から三十名が任命された。

そのなかで寺社奉行は、四名と定員が決まっていた。役職名どおり、全国の寺社と寺社領、僧侶、神官を統制するほか、修験者《しゅげんじゃ》や陰陽師《おんみょうじ》、連歌師《れんがし》、芸能の民なども管轄した。加えて、町奉行、勘定奉行とともに三奉行と称され、幕府の最高裁判所である評定所《ひょうじょうしょ》の責任者でもあった。

寺社奉行を無事に務めあげれば、大坂城代、京都所司《しょし》代《だい》に昇進し、最終的には老中への栄転すら可能だ。

いわば、老中への登龍門である。

このため、譜代大名にとっては垂涎《すいぜん》の役職であり、寺社奉行に成った者は万事そつなく、老中、若年寄の目を気にしながら、下の者にも気配りをして毎日を送ることとなる。

そんな和を乱すのを嫌う朋輩たちからすると、虎龍はいかにも異色であった。

群れようとも、仲間に加わろうともしない、はぐれ者……。

寺社奉行に成る以前、三十人近くいた奏者番のなかでも浮いていた。変わり者だという陰口を叩かれているのは承知していたが、気にならなかった。

朋輩たちが虎龍を変人扱いするのは、虎龍の趣味が一因である。

虎龍は物の怪、妖怪、幽霊、祟《たた》り、あの世といったあやかしに異常な興味を持っている。

だが、あやかしが好きというのではない。というより、信じてもいない。

信じたいのだ。

その理由は、ただひとつ……。

すなわち、一度でいいからあの世の百合と再会したい。二年前の皐月《さつき》に労咳《ろうがい》で冥途《めいど》に旅立った百合と、いま一度、言葉を交わしたいのだ。

亡くなるまでの三月、百合は虎龍を遠ざけた。労咳の伝染を危惧してのことだったが、日に日に衰える容貌を、夫に見せたくはなかったのではないか。

悲しみや寂寥感《せきりょうかん》とともに、百合の気遣い、引け目をも包みこみ、もっと語らうべきだったという後悔の念が残っている。

あの世の百合の存在を信じるためには、あやかしが実在しなければならない。

あやかしや怪異の類が本当に実在するのであれば、きっとあの世の百合と話す手立てもあるに違いない。いわば、あやかしの真実を突きとめることが、百合との再会……あるいは、真の決別となるのだと思っている。

「おお、そうだ。はぐれ奉行なりに、やり甲斐を見つけた。幽霊、妖怪、物の怪といったあやかし騒動の探索をしておるのだ。他の寺社奉行方は、関与を嫌がるのでな。わたしにしたら、渡りに舟だ。今日も、物の怪の一件が持ちこまれた。鎌鼬だそうだ。果たして本物の鎌鼬かどうか……ともかく、寺社奉行として探索にあたる。ええ、なんだと、堅苦しい御城勤めを逃れる理由ができてよかったですね、だと……ま、そういうことだ」

虎龍は百合の位牌に手を合わせ、やりとりを……いや、ひとり語りを終えた。

三

明くる六日の朝、虎龍と一平は、暗闇稲荷近くの木戸番を訪れた。

相変わらず、真冬のような寒さだ。分厚い雲が垂れこめ、いまにも雪が降りそうな雪催《ゆきもよ》いの日和である。

虎龍は白地に極彩色で虎と龍を描いた、ど派手な小袖を着流している。小袖の前が虎、背中が龍だ。お忍びの探索だからだ、と虎龍は言っているが、最初にこの姿を見たときは、さすがの一平も戸惑ってしまった。

「寺社奉行でござる、と取調べ先に出張るわけにはいくまい。駕籠《かご》に乗って仰々しい行列を仕立てて、取調べなぞできるものか。目立ってしかたがなかろう」

という、虎龍の言い分はもっともだが、役者と見間違えるようなど派手な身形とあっては、別の意味で目立ってしかたがない。

もっとも、こんな派手な侍を、寺社奉行さまと思う者はいないだろうが……。

番太は、権蔵《ごんぞう》という初老の男だった。

「伴内の旦那から聞いていますよ。寺社方のお役人さまですね」

前歯が抜けているために息が漏れ、人が好さそうに見える。一平は名乗ってから声をひそめ、

「御奉行、結城大和守さまだ」

と、虎龍を紹介した。

「へ～え、御奉行さま」

権蔵は米搗き飛蝗《こめつばった》のように何度もお辞儀をしたあと、しげしげと虎龍を見返した。異形の侍が幕府の重職たる寺社奉行とは、半信半疑なのだろう。

「まあ、そう堅くならんでくれ」

虎龍はお忍びであり、ざっくばらんな話を聞きたいと強調し、両手で袖を引っ張って、「ほれ、このとおり気楽な格好で来た」と言い添えた。

「はあ、そうですか。いや、こりゃまいったな。御奉行さままでがお出ましとは、あっしゃ、どうしていいもんだか、わかんねえべ。それに無口な性質なもんで、御奉行さまのお望みどおり、うまく話せるか自信がありませんが、できるだけお役に立ちますだ。ほんでも、鎌鼬という物の怪を、御奉行さまがお調べになるのですか。なにも御奉行さまが物の怪の相手なんぞなさらんでも、いいのじゃありませんかね……あ、こりゃ、よけいなことを言いました……」

陽気な性質らしく、無口だという言葉とは裏腹に、権蔵は饒舌であった。

虎龍とておのれの目的のため、このような事件にかかわっているのだが、まさかいちいち説明するわけにもいかない。

虎龍の心中を察したか、

「物の怪、幽霊、妖怪の類はな、町方ではなく寺社方の領分なのだ」

と、一平がもっともらしい顔で告げた。

目を白黒させた権蔵も、

「なるほど、幽霊はお寺の墓地に出ることが多いですものね」

うまいこと納得して何度もうなずいてから、

「やっぱりあれですか、幽霊をお縄にするというのは大変でしょう。なにしろ、幽霊には足がないんですからね。ふわふわ浮いていて、お縄なんか打てないんじゃないですか」

真顔で疑問を投げかける。

「幽霊に足がないのは、円山応挙《まるやまおうきょ》という絵師が描いたのがきっかけだ」

虎龍は言った。

円山応挙の幽霊絵は、当時、大変な評判となった。

天明元年（一七八一）、妻や妾を相次いで亡くした弘前藩の家老・森岡主膳の依頼で描いた『返魂香之図《はんごんこうのず》』は、とくに有名である。絵には足がなく浮遊しているような女性が描かれ、以来、幽霊といえば足がない、というのが定着したのであった。

「じゃあ、本当の幽霊は足があるんですか」

「さて、どうであろうな。なにを隠そう、実物を見たことがないのでな」

苦笑する虎龍に、

「そういえば、拙者《せっしゃ》もありませぬな」

一平も付け加える。

「でも、よくお寺をまわっていらっしゃるんでしょう」

寺社奉行と寺社方の役人が幽霊を見たことがないと言ったことが、権蔵には意外だったようだ。

「じつはな、幽霊も妖怪もこの世にはいないのだよ」

ここで一平は、持論を披露した。

一平の言葉に異をとなえなかった虎龍だったが、幽霊や妖怪が存在しないとは決めつけられない。いや、百合の幽霊ならば現れてほしいし、実在してほしい。

亡き妻の百合に、化けて出てほしかった。

この当時、幕府は庶民も宗門改帳に記載させている。隠れキリシタンを摘発するためであったが、その目的はともかく、すべての庶民はいずれかの寺に所属していた。いわゆる寺請け制度だ。

そうなると、寺は、新規の檀家を獲得できない。まさか他の寺から檀家を奪うわけにはいかないからだ。限られた檀家では、寺の維持、運営が難しい。

そこで寺は、法事やお盆といった先祖供養を勧めた。徳川の世になる以前も法事は行われていたが、武家や公家といった身分ある者に限られていた。

寺請け制度により、庶民にまで法事、お盆などの先祖供養が広まった。すると、それとともに、墓地を中心として幽霊が出没するようになったのだ。

「まあ、いるかどうかはともかく、幽霊、妖怪は捕縛するものではない。正体をつきとめ、鎮魂《ちんこん》するか退治するかだ」

諭すように虎龍が説明すると、

「なるほど、これは畏《おそ》れ入りました」

権蔵はおおいに恐縮し、感心もしたらしい。

「鎌鼬を退治するため、協力してくれ」

横から一平が言葉を添えると、権蔵は自分の額を手で叩いた。

「もちろん、あっしでよかったら。なにしろあっしゃ、人から頼られると、断れない性質なんですよ。これがいけねえって、おまいさんはお人好しすぎるって、死んだかかあにも、しょっちゅう文句を言われていたんですがね」

つくづく、話好きの男だ。

「亡くなった三人……やくざの紋吉、駿河屋の主人・仁左衛門、浪人の猪俣誠之助なのだが、そなたは存じておったのか」

一平が問いかけると、

「ええ、まあ……」

急に権蔵の言葉数が減り、しかも言葉尻が怪しくなった。いかにも、なにか隠し事がありそうである。

「どうした」

「それが……仏になった方に申しわけなくって」

遠慮がちに権蔵は、話せない、と言った。

「そう言われると、ますます気になるではないか。これは殺しなのだ……あ、いや、殺しと決まったわけではなく鎌鼬の仕業かもしれぬが、いずれにしろ、たとえ鎌鼬のせいだったとしても、そのような天罰がくだされる理由があるはず」

わけ知り顔で一平は言うが、果たして妖怪、物の怪に殺されるのが天罰、仏罰なのかどうかは疑問である。

権蔵は悩んでいたが、やがてぽつりと言った。

「賭場にかかわることなんですが……」

「そうか！」

すぐさま、一平は両手を打ち鳴らした。

悪い癖が出た、と虎龍は危ぶむ。一平には粗忽《そこつ》な一面があり、早合点する傾向があった。そんな虎龍の危惧などどこ吹く風、一平は勢いこんで語った。

「賭場は暗闇稲荷にあったのだな。そうか、そういうことか。社殿で賭場を開帳しているのだろう……いや、待てよ。雑木林だ。雑木林を分け入ったら賭場になっているのじゃないか。蝮が出るなどという噂を流して、人を遠ざけているのだ。あの規模じゃ、大がかりな賭場じゃなかろう。きっと、客を選んでいるはずだ。選ばれた客のみが出入りできる、秘密の賭場があるのだな」

興奮気味に、一平はまくしたてた。

権蔵は黙って聞いている。それを見て、なおも一平は続けた。

「やくざ者の紋吉は賭場を仕切る博徒《ばくと》、駿河屋仁左衛門は金主か上客、浪人猪俣誠之助は用心棒だ」

自信満々の一平の決めつけに、虎龍が冷静に疑問を返す。

「三人が賭場の関係者として、どうして鎌鼬に遭ったのだ」

待ってましたとばかりに、一平は答えた。

「罰が当たったんですよ」

なんら疑問を抱いていない一平を横目に、虎龍は権蔵に、

「藤島が申したこと、いかに思う」

あくまで穏やかに問いかけた。

「三人が賭場にかかわっていたというのは、当たっているんですがね。暗闇稲荷に賭場はありませんよ」

明確に権蔵は否定した。

暗闇稲荷近くの木戸番を勤める権蔵が、嘘は吐かないだろう。調べられて賭場があったなら、木戸番を辞めさせられるだけでなく、賭場の関係者と疑われ連座させられる可能性もあるからだ。

「じゃあ、どこにあったのだ」

自分の推量を打ち砕かれ、不満そうに一平が問いかける。

「湯島天神の裏手、紋吉親分の家で開帳されていたんですがね、先月、南町奉行所の手入れがあって、潰されたのですよ」

権蔵は言った。

「ふ〜ん、そうだったのか」

複雑な表情となった一平に代わって、虎龍が推論をはじめる。

「紋吉の賭場にかかわっていた三人が、相次いで鎌鼬に遭って命を失った……これは偶然ではあるまい。天罰とやらが当たったのなら別だがな」

それを一平が受け、

「仏の顔も三度までですからな」

的外れなことを言った。

それをなおも無視し、

「賭場の稼ぎをめぐって、揉め事が起こったとか……」

虎龍は思案を続ける。

「きっとそうですよ」

むしろ、一平に賛同されると不安になってしまう。

「すると、鎌鼬は物の怪ではなく、人ということになるな」

今度は虎龍が、やや複雑そうな表情を浮かべる。

「ところで、暗闇稲荷は誰が清掃などをしているのだ。神主はおらぬのだろう。町内の者がおこなっているのか」

あらためて、虎龍は権蔵に確かめた。

「はい、一応、町の者でということになっているのですがね、実際は、お婆《ばば》さんにおんぶにだっこです」

「お婆さんとは……」

すかさず一平が聞く。

「暗闇稲荷の奥でひとり住まいをしている、お産婆さんですよ。たしか、今年で喜寿《きじゅ》を迎えておられましたよ。昔から、このあたり一帯の赤ん坊を取りあげているんです。この界隈じゃ有名人というか、名物婆さんですね。名前は、ええっと……ああ、そうだ、お兼《かね》さんといいますね」

明るい口調からすると、お兼はまわりから好意的に思われているようだ。

「お兼が、暗闇稲荷の掃除やお供えをおこなっておるのだな」

虎龍が問いかけると、

「この三年は、さすがに足腰が衰えたようでして、近所の持ちまわりでやることが多いんですがね。それでも、お婆さんはもうこのあたりじゃ、いてくれるだけでありがたいお方です」

「訪ねてみますか」

一平の言葉に、虎龍も無言でうなずいた。

そこで権蔵が、言葉を添えた。

「なにしろ年寄りなんで、耳が遠いですから、その辺のところ気をつけてくださいね。ああ、そうだ。お清《きよ》ちゃんがいればいいんですが」

お清とは、お兼の縁戚にあたる娘だそうで、身のまわりの世話をしているという。

「あ、そうだ。これをお婆さんに持っていってください」

そう言って、権蔵は紙に包んだ焼き芋を持ってきた。売り物なのだという。

木戸番の番太は、町内の者が銭を出しあって雇っているのだが、それだけでは暮らしてゆけない。

したがって、このように焼き芋や栗、荒物《あらもの》を扱って生計の足しにしている者も少なくなかった。

四

権蔵から受け取った焼き芋を一平が持ち、虎龍に従ってお兼の家に向かった。

お兼の家は、なるほど、暗闇稲荷の社殿の裏手、奥のほうにある平屋であった。

一平が格子戸を開けると、

「はあい、ただいま向かいます」

すぐに、娘の声が聞こえた。

お清なのだろう。

玄関に立った娘に一平が名乗り、寺社奉行の結城大和守さまが、お忍びで鎌鼬について調べにきたと伝えた。果たして娘は清と名乗り、虎龍と一平を、奥に案内した。

廊下を進むと、板敷《いたじき》の広がる広間があった。畳が二畳敷かれ、ここでも、赤ん坊を取りあげられるようにしているようだ。

以前は産気づいた女の家に出向くことが多かったが、この一年、お兼は足腰が弱り、自宅に来ってもらって赤ん坊を取りあげるようになっているのだとか。

お兼は板敷の右手にある部屋にいた。

閉じられた襖をお清が叩くと、中から思いのほか元気な声が返された。

お清は襖を開いて部屋に入ると、お清のそばに行き、

「お婆さん」

と耳元で声をかけ、虎龍と一平を紹介した。お兼は何度もお辞儀をした。

「ちょっとお話を聞きたいそうですよ」

耳に口を寄せて語りかけると、お兼はうなずいた。

背を丸めて座っていることもあり、お兼は幼子のように小柄であった。一平は権蔵からもらった焼き芋を、お清に渡した。

「温かいうちに食べるがよい」

虎龍の言葉をお清がお兼に伝えると、笑みを浮かべて食べはじめた。意外にも歯はそろっていて、美味そうに咀嚼《そしゃく》をはじめる。

「達者そうだな」

虎龍は笑顔で、お清に語りかけた。

「お婆さんは、足腰は弱っていますけど、食事はちゃんと召しあがりますし、いままでも赤ん坊を取りあげていらっしゃるんですよ。ここに来ていただくか、もし

くは向こうのお宅に、わたしかその家の方がおぶっていくんですけどね」

嬉しそうに、お清は答えた。

「それは、たいしたものだ」

おおいに感心した一平に微笑み、お清がお兼の耳元で言う。

「お婆さん、寺社奉行さまとお役人さまが、元気だって誉めていらっしゃるよ」

「ありがとごぜえます」

お兼も嬉しそうだ。顔中が皺だらけになり、目が細まって、いかにも好々爺《こうこうや》、いや、好々婆の様相だ。

お兼が焼き芋を食べ終えたところで、一平が鎌鼬の一件を切りだした。

そのつど、お清が言葉を伝えるため、話は途切れがちになったが、一平は辛抱強く語り続け、きっちりと用件は伝わったようだ。

お兼自身、三人の死と鎌鼬に遭ったらしいことは耳にしていたらしい。聞くことはともかく、お兼の言葉は明瞭であった。

三人の人となりは知っているか、との問いには、

「知りませんなあ。あたしは、人さまとの付き合いといえば、お清ちゃんとこの界隈の人たちに限られておりますでな」

お兼は答えた。

「ならば、三人が暗闇稲荷にやってきたわけについて、心あたりはないか」

念のために問いかけてみたが、お兼は首を傾げるだけだった。

虎龍はお清にも、同様の問いかけをした。

「駿河屋さんは、この稲荷のために寄付をしてくださります」

お清の言葉を受け、虎龍はふたたびお兼に聞いてみた。

「寄付をしてくれるというのであれば、駿河屋仁左衛門は、この暗闇稲荷によく参詣に来ていたのか」

はい、とお兼はうなずいたが、その表情は強張っている。

どうやら、駿河屋仁左衛門をひどく嫌悪しているようだ。お兼の表情が剣呑《けんのん》に彩られたのを見て、お清が説明をした。

「駿河屋さんは、何度もここに足を運んでおられるのです」

「それはどうしてだ」

一平が問い返すと、お清はお兼に耳打ちをした。話していいのか判断を求めているようだった。お兼が首肯《しゅこう》したのを確かめてから、お清は説明を加えた。

「ここを立ち退くように求めてきたのです」

暗闇稲荷の土地は、駿河屋仁左衛門の持ち物らしい。以前から仁左衛門は、社殿を建て替えようとしていた。ついては、お兼には立ち退いてもらい、そこに新たな社務所を設けることを計画していたとか。

「駿河屋さんは、お婆さんが立ち退いたら新しい住まいを提供する、とおっしゃったんですが……お婆さんはここから動かないと決めていらっしゃるんです」

「ここには長いこと住んでいるのか」

「産まれてから、ずっとですだ」

お兼の答えに、

「そうか、ならば馴染み深いし、いまさら新たな住まいというのも抵抗があるだろうな」

一平が理解を示す。

するとお兼は、小さく首を左右に振った。

一平と虎龍が不審そうにお清を見やると、

「お婆さんは、ここが賭場になることを心配なさっているのです」

と、言った。

またもや、と言うべきか、一平が両手を打ち鳴らす。

「そういうことか」

顔を輝かせて、虎龍を見やる。

「ここでも、話に賭場が絡んできます。やはり仁左衛門たちは、賭場がらみの揉め事で殺されたに違いない」

一平らしい、いつもの決めつけだが、虎龍も同じように感じていた。

「やくざ者の紋吉と浪人の猪俣誠之助も、ここにはよくやってきたのか」

虎龍が問いを重ねると、これにはお清が答えた。

「何度も押しかけてきました。大変に怖かったです」

紋吉は、「月夜の晩だけじゃねえぜ」などと凄み、猪俣は無言のまま睨みをきかせてきたという。

「でも、お婆さんは決して脅しには屈しないのです。大変に立派です」

誇らしそうなお清に、一平も賛同した。

「いやあ、じつにたいしたものだ」

「……あたしは、あたりまえのことをしているにすぎませんだ」

当の本人のお兼は、謙虚にそう言った。

「やはり三人は天罰が当たったんだ。それが鎌鼬だったというわけだ」

ここぞとばかりに、一平は言いたてた。幽霊や妖怪などこの世にいない、とさきほど権蔵に言ったことを、すっかり忘れているようだ。

「本当に、三人は自業自得です」

お清も嫌悪感を示すように、一平に賛同した。

「これまでにも、鎌鼬が人を襲うようなことはあったのかな」

虎龍が確かめると、お清はまず首をひねり、次いでお兼に尋ねた。

「あったよ」

ぶっきらぼうに、お兼は答えた。

詳細を確かめると、お兼の知るかぎり、過去に二度あったそうだ。

いずれも遥か昔のことで、お兼の生きている時代ではないようだ。それどころか、徳川の世でもないらしい。

村人が、幾人か鎌鼬に遭って死んだという。それだけしか伝わっていない、なんとも曖昧な伝説であった。

それでも、

「この土地は、そんな土地柄なのかもしれませんな」

そんな不確かな伝説ながら、一平には、鎌鼬が存在する根拠としてはなんだか十分なような気がした。

「土地柄というと……」

一応、虎龍が確かめると、

「ええと、たとえば風水ですよ。気の流れの関係で、このあたりで鎌鼬が現れたりするのです」

賢しら顔で、一平は適当なことを言った。

「それならば、もっと頻繁に起きなければならないではないか」

虎龍の指摘に、一平は黙りこんだ。

「それに、鎌鼬は物の怪、妖怪の類だぞ。気の流れではない」

「きっと、鎌鼬は気の流れに乗って出没するのですよ」

さらに一平は、勝手な憶測を展開した。

ふたりがくだらないやりとりをしていると、お兼がお清になにかささやいた。

お清はうなずくと、すまなそうに申し出た。

「お婆さんは、お疲れになったようです。そろそろ……」

「うむ」

虎龍は応ずると一平をうながし、立ちあがった。

「邪魔をした」

礼金だと言って、虎龍は一分金を渡した。

五

お兼の家を出ると、

「さて、駿河屋へ行くか」

虎龍が言い、一平は案内に立った。

駿河屋は、湯島天神の坂の下に店をかまえていた。

応対に出たのは、女房のお由《よし》であった。

気丈にも亭主の死後、店の切り盛りをしているようだ。お由はなぜ寺社奉行が訪問してきたのか、その理由にど派手な身形とともに戸惑っていた。

「亭主の死因について、不審なことがあるのでな」

と、虎龍がお忍びで探索にあたっていることを、一平が説明する。

「鎌鼬に遭ったのではないのですか」

お由は無愛想に返した。

いまさら亭主の死を蒸し返されることが、不快なようだ。仁左衛門の死を乗り越えたいという意志の表れなのか、夫にさほどの愛情を抱いていなかったのか。

虎龍は、お由をまじまじと見た。

歳は三十前後、浅黒い肌、目が細く頬骨が張った、いかにも気の強そうな顔立ちである。髪を飾るのは、値の張りそうな鼈甲細工《べっこうざいく》の櫛や笄《こうがい》だ。

ひとまず一平が説明する。

「鎌鼬は妖怪……妖怪となれば、寺社方の管轄なのでな。調べておるのだ」

「それは初耳ですね」

文句を言いたそうだったが、お由はうなずいた。

「それでは聞く」

一平は声をかけたものの、いざとなったらなにを聞こうかという算段を立てていなかったのか、すぐには言葉が出てこない。

すると虎龍が問いかけた。

「亭主は暗闇稲荷の奥にある産婆のお兼を、たびたび訪ねていたのだな」

「そのようでした」

「暗闇稲荷を建て直すつもりだったのか」

虎龍は問いを重ねた。

「あの土地は駿河屋のもので、稲荷は建立してからずいぶんと経ちましたので、仁左衛門は建て替えようと考えたのですよ。仁左衛門は、あのお稲荷さんを大切にしていましたのでね」

思いだすように、お由は言った。

「お兼の家も建て直すつもりだったのか」

「お婆さんには安心して余生を暮らしてもらおうと、別の家を用意するつもりだったのですよ。あの家は日当たりが悪くて、じめじめしていますからね。お婆さんにとっても好都合のはずだったんですけど、生まれ育った家から動きたくないって頑固に断り続けたんです。年寄りの気持ちは、そんなものかもしれませんけどね」

お由によれば、暗闇稲荷の建て替えとお兼の立ち退きは、あくまで仁左衛門の善意だという。

「ずいぶんと仁左衛門は親切だったのだな」

一平は首をひねった。

賭場の金主だったのではないかという先入観ゆえ、戸惑っているようだ。

「手前味噌ですが、亭主は、それはもう心優しい人だったんですよ。このあたりじゃ、仏の仁左衛門さんで通っていましたからね。火事があったら、町内の会所に、たくさんの米やお金を寄付していたんです」

お由の目に、薄っすらと涙が滲《にじ》んだ。

お兼の家や番太の話とは大違いである。虎龍と一平が思案をしていると、

「噂をお信じになるんですか」

途端に、お由はきつい顔をした。

「噂とは……」

とぼけて、虎龍は問い返す。

「決まっているではありませんか。賭場ですよ。仁左衛門が賭場の金主になっていたって、とんでもない噂話ですよ」

腹立たしそうに、お由は言い添えた。

虎龍は大きくうなずき、

「図星だ。とぼけてすまなかったな。だが、やくざ者の紋吉と浪人の猪俣誠之助とは、知りあいだったのだろう」

「存じませんね、紋吉とか猪俣何某なんて」

お由は首を左右に振った。

「しかと相違ないな」

強い口調で、虎龍は確かめる。

「は、はい」

虎龍の威勢に気圧されるように、お由は答えた。

「ならば、なぜ、そのような悪い噂が立ったのであろうな」

「わかりません。ひょっとしたら、妬みかもしれません。仁左衛門は働き者でお店も大きくしましたから、そんな仁左衛門を妬ましく思う者たちの嫌がらせなのでは、とも思いますね」

「なるほど」

すぐに一平は納得した。人の意見に左右されやすい一平ならではであった。

六

駿河屋をあとにすると、店の外で伴内と豆蔵が待っていた。

「これは寺社奉行さま、いつもながら目も覚めるお見事な衣装……あ、いや、役者じゃないからお召し物でありますか」

伴内は虎龍を誉めてから、おおげさに腰を折った。豆蔵もへいこらと何度も頭をさげる。

「駿河屋を調べておられるんですね」

伴内の問いかけに、そうだ、と代わりに一平が答えて、

「駿河屋仁左衛門は、暗闇稲荷の奥、お兼の家の土地に賭場を新設しようとしていたのか」

「そのようですぜ」

巨体を揺らし、伴内は駿河屋を見た。

「しかし、お由はそんな噂が立つのは妬みだと申しておったぞ」

一平が異論をとなえると、

「たしかに、仁左衛門の評判はいいですよ。奉公人にも確かめましたがね。優しい旦那だったたって、そんな評判でしたね」

伴内は顎を掻《か》いた。

「すると、賭場を作るという話は、やはり噂にしかすぎなかったのでは」

「そいつはどうでしょうね。善人面している奴にかぎって、裏の顔があるという

のはよくあることですから。こりゃ、おれの八丁堀同心としての勘ですがね、仁左衛門は事実、暗闇稲荷に賭場を作ろうと企んでいたと思いますよ。まわりの者に気遣っているのは、後ろめたいことがあるからですよ」

いかにも勘に過ぎないが、伴内の言うことにも一理ある、と虎龍は思った。

「紋吉と猪俣との関係は、どうだったのだろうな」

一平の問いかけに、伴内は考えこみながら答えた。

「猪俣が、仁左衛門の用心棒をやっていたことがあります。夜道を歩くのに物騒、とくに暗闇稲荷に行くのに危険を感じてたらしくてね」

「なるほど、潰された賭場の用心棒と金主という関係か」

一平は唸った。

「そうですね。南町が潰した賭場は、紋吉が仕切り、猪俣が用心棒をしていたのはたしかなんですがね。仁左衛門が金主だったかどうかまでは、わからないんですよ。なあ、豆公」

伴内は豆蔵を見た。というより、見おろした。

「そうなんですよ。なにしろ、賭場が潰れたと同時に、博徒たちはとんずらをしましてね。少しばかりの金が残っていただけで」

豆蔵は素っ頓狂な声で答えた。

「猪俣と紋吉は、捕まらなかったようだな」

「あいつら、きっと手入れが入るって耳にしていたんですよ。そんでもって、金を持ってとんずらしたんだ。それで、どっかに雲隠れしていやがった。ほんで、暗闇稲荷やお兼婆さんの家に姿を見せたってことは、やっぱり、仁左衛門が賭場の金主だったたってことですよ」

憶測だらけであったが、豆蔵の推測は筋が通っているように思えた。

ここで虎龍が口をはさんだ。

「お由が言うには、仁左衛門がお兼を立ち退かせようとしたのは、余生を安楽に過ごしてもらいたいという願いだったらしいがな」

「お由の言葉を、どこまで信じるかってことですね」

達観した様子で、伴内が返した。

「それはそうだ。お由にしてみれば亡き亭主が賭場の金主だったでは、今後の駿河屋の看板にもかかわってくるものな」

一平の言葉を聞き、伴内は話を変えた。

「ところで、鎌鼬の一件はどうなんです。どうも、よくわからないんですがね。

三人が賭場を作ろうとしたから、鎌鼬に遭ったんですか。なら、鎌鼬は暗闇稲荷を守っているってことになりますね。そんなこと、どうも納得できませんや」

伴内の疑問は、もっともだ。

「そうだな、鎌鼬と賭場は関係ないな」

虎龍が断じると、あらためて伴内は疑問を呈した。

「では三人は、鎌鼬の仕業に見せかけられて殺されたんですかね」

「さて、どうであろうな」

さすがの虎龍でも、まだ判断はつかない。

隣の一平も迷う風だった。

「ともかく、おれたち町方では、妖怪をお縄にすることはできませんからね。どうか寺社奉行さま、落着に導いてくださいな」

その口ぶりからして、お手並み拝見とでも言いたいようだ。

「任せておけ」

無責任に一平が請けあう。

「お願いしますぜ、ああ、そうだ」

伴内は懐中《かいちゅう》から、紋吉と仁左衛門の検死報告書を取りだし、一平に渡すと、一豆蔵とともに去っていった。

「相変わらず、偉そうな男ですね」

一平が伴内をけなすと、

「なに、ああいう手合いも、この世には必要なのだ」

虎龍は苦笑を浮かべた。

「そうですかね……わたしは付き合いたくはないですが」

一平は首を左右に振った。

七

ひとまず聞きこみを終え、虎龍と一平が屋敷に戻ってみると、用部屋では白川薫が待っていた。

「どないやった」

興味津々の目で、薫は問いかけてくる。

一平が聞きこんできたことを、かいつまんで話した。

「そうか……」

薫は思案をした。

「白川さま、三人の死は鎌鼬によるものか、人の手によるものか、おわかりになりますか」

一平が問いかけた。

「ううん、どうなんやろうな。鎌鼬の気もするし、人の手によるものとも考えられるがな」

薫にしては曖昧な答えだった。

「そうなんですよ、とんとわからないですよね」

「人の仕業ではないと考えられる原因は、死んだ者以外、暗闇稲荷とその周辺に人がいなかったということやな」

薫が指摘すると、一平が深くうなずく。

「ほんまに人はおらんかったのかいな」

「むしろ白川さまは、鎌鼬のほうを信じるのだとばかり思っていたのですが、意外ですね」

これまでも薫は不可思議な事件が起きるたびに、妖怪や呪い、幽霊の類の仕業だと言い張っていた。だが、今回は違ったようだ。

「麻呂は、どうも鎌鼬というものに興味をひかれないのや」

どうやら、薫の趣味の問題のようだ。

好みで事件の探索を左右されてはかなわない、と一平が思っていると、

「それが正解かもしれませぬぞ」

意外にも、虎龍が賛同した。

「ええ……」

思わずといったように、一平は素っ頓狂な声をあげる。

「いや、わたしとてちゃんとした根拠があるわけではない。ただ、薫殿が今回の死について、鎌鼬の仕業ではないという疑念を抱かれておる。そのこと自体、案外と的を射ているような気がするのだ」

曖昧な話になってすまないが、と虎龍は断り、

「それでも、薫殿の直感……薫殿に言わせれば霊感ということになろうが、決して馬鹿にはできぬ、と思っておる」

あれほど、あやかし好きな薫が消極的なのは、どうしてなのかと考えてしまう。

そんな虎龍の心中を察したのか、

「虎龍さん、なんや気持ちが晴れんようやな」

と、薫は言った。

「まあ」

つい、返答も濁ってしまう。

「麻呂も気分で言ってるだけや。あまり気にせんといてや」

これまた薫らしからぬ、遠慮がちな物言いである。

「そうですな。あくまで寺社奉行として、役目をまっとうするつもりです」

自分を鼓舞するように、虎龍は言った。

「そうや、麻呂のことはええから、事件落着に尽くしなさい。もちろん、麻呂の霊力を頼りたいのやったら、いつでも力を貸すがな」

「かたじけない」

自分の気持ちを落ち着かせるためか、虎龍は深く息をついた。

「どじ平、あんたもちゃんと役に立たなあかんで」

薫に説教され、

「承知しております」

大真面目に一平は答えた。

「……頼りないな。あんたは虎龍さんと麻呂に、おんぶに抱っこやからな」

「そんなことはありませんよ」

むきになって一平は反論する。

「そこが、あんたの浅はかさや。ええか、人はな、自分の分というものをわからんと不幸せになるもんや。自分ばかりやない。周囲の者も災いに引きこむんやで。その辺のこと、どじ平はわからんのやな。あんたは霊感もまったくないんやろ。ほんま、寺社役にしてみれば役立たずや。虎龍さんを助けるどころか、おんぶに抱っこやで」

機嫌がよくないのか、薫は盛んに一平をけなす。

「おんぶに抱っこはひどいですよ。そりゃ、物の怪や幽霊の類は、これまで一度も見たことはありませんけど……」

すっかりと落ちこんだ一平の横で、虎龍の目が爛々と輝いた。

それに気づいた薫が、

「どないした、虎龍さん……なんか、麻呂が気に障ったことを言ったかいな」

と、あわてて問いかける。

「……間違いなく人の仕業だ。なぜなら、鎌鼬による傷は血が流れないのだ……迂闊《うかつ》にもそのことを忘れていた」

自分を責めるように、虎龍は唇を噛んだ。

その言葉で、薫もなにかを思いだしたようだ。

「そうや……たしか鎌鼬に切られた傷からは、血が出んのやった。今晴明《せいめい》と称される白川薫とは思えん不手際や。弘法も筆の誤りとは、このことやな」

珍しく自戒の念を示しながらも、己を誇示するのは忘れない。

今晴明、すなわち平安の世に活躍した陰陽師・安倍晴明に並ぶ、とあくまで自称しているだけであるが……。

それはともかく、猪俣、仁左衛門、紋吉、三人ともに、血の海に倒れ伏していたのだった。

だが人の仕業だとして、首筋を鎌で抉るとなると、どんな人物だろうか。

「御奉行、下手人はどうやって鎌で首筋を抉ったのでしょう。そっと背後から忍び寄るにしても、気づかれてしまうのではありませぬか」

伴内も似たようなことを言っていた気がする。それに、一平が検死をした猪俣誠之助は、六尺はあろうかという大男であった。

鎌で首筋を狙ったということは、下手人も長身であったはず。しかも、猪俣は用心棒を務めていたほどだから、かなり腕も立ったのだろう。

油断していたとしても、背後の敵に易々とはやられまい。

「おんぶに抱っこか……」

虎龍は意味ありげにつぶやくと、伴内から渡された紋吉と仁左衛門の検死報告書を示した。

「紋吉と仁左衛門は、どちらも五尺そこその身の丈だ。しかるに傷口はふたりとも、六尺の猪俣と同じ横一文字……すると、下手人は紋吉と仁左衛門を襲うとき、わざわざ身をかがめたのだろうか。上背があるのだから、首筋を横一文字に切り裂くとして、上からの角度になるはずだ。しかし、紋吉も仁左衛門の傷口も水平だ」

あくまで冷静に、虎龍は指摘した。

「どういうことや！」

ただならぬものを感じたようで、薫は語調が強くなっている。

「まさに、下手人はおんぶされていたのですよ」

薫に向けられた虎龍の答えは、薫ばかりか、一平の困惑も深めるばかりだ。

「勿体をつけんと、はっきりと話しなはれ」

苛立《いらだ》ちを示す薫に、虎龍は静かに続けた。

「至って明瞭なことを申しておりますぞ。ならば、もっと付け加えましょう。下手人は、お婆さんことお兼です。お兼は自宅を訪れた仁左衛門、紋吉、猪俣誠之助におぶわせて自宅を出ると、隠し持っていた鎌で首筋を抉ったのでしょう。三人は、まさかお兼に殺されるなど思ってもいなかったに違いない」

「そう言えば、お清が申しました。お兼はおぶわれて産婆の仕事に出かけると。それに、おぶわれた状態なら、首筋の傷は横一文字になりますね」

理解できたとあって、一平は声を弾ませた。

だが、語り終えた虎龍は、もの悲しそうであった。

一平と薫は顔を見あわせ、どちらからともなくため息を吐いた。

翌七日の昼さがり、虎龍はひとりでお兼の家を訪れた。派手な小袖ではなく、紺の小袖に黒紋付を重ね、仙台平《せんだいひら》の袴を穿《は》いている。

格子戸は閉まり、喪中の札が貼ってあった。

戸惑っていると格子戸が開き、お清が現れた。お清は虎龍を見て驚いたが、

「御奉行さま、今朝、お婆さんが亡くなったんです」

今度は虎龍が、戸惑いと驚きを禁じえなかった。

「どうぞ、おあがりください」

お清に言われて虎龍は玄関にあがり、昨日通された部屋に入った。

お兼は布団に横たわっていた。顔には白い布が掛けられている。今夜が通夜だそうだ。

ともかく、虎龍は両手を合わせてお兼の冥福を祈った。

虎龍がお清に向き直ると、

「今朝、部屋をのぞいたら、お婆さんは寝ていました……いえ、寝ているように見えたのです」

なかなか起きないので、お清は気になって声をかけたが返事はない。お兼は眠るように死んだのだった。

自害や殺されたのではなさそうだ。

寿命ということか。

虎龍は、本当にお兼が三人を殺したのか、お清に確かめようかと思ったが、死者に鞭を打つことはなかろうと思いとどまった。

その代わり、ふとした疑念にとらわれた。

「お兼は、仁左衛門たちがここを建て替え、賭場にするのを嫌っていた。それゆえ、立ち退きに応じなかったそうだが、拒んだ理由はそれだけか」

虎龍の問いかけに、お清はしばらく思案したが、ほかに思いあたらない、と申しわけなさそうに答えた。

それ以上は虎龍も追及しなかったが、

「立ち退きたくない理由とは関係ないかもしれませんが……」

と、お清は前置きをしてから、ぽつりぽつりと語りだした。

「お婆さんは十年前まで、中条流もおこなっていたそうなんです」

中条流とは堕胎術《だたいじゅつ》である。

お兼は出産の手伝いのかたわら、堕胎も手がけていたということか。

「命を取りあげる手で命を摘んでいる、とお婆さんは自分を責めていました」

堕胎した水子を、お兼は供養していたという。この家は、水子供養の場でもあったのだ。お兼が立ち退かないのは、水子の霊を供養し続けるためであったのかもしれない。

お兼の死により、仁左衛門、紋吉、猪俣誠之助の死の真相は闇に葬られた。まさしく、暗闇稲荷の事件ならでは……とは言いすぎだろうか。

結局、暗闇稲荷は、町内の者たちが協力して建て替えるそうだ。

もっとも、みな金に余裕はないため、少しずつ修繕を加えていくという。お兼の家はそのままにされ、お清が産婆の仕事を引き継ぐのだとか。

三人の死は鎌鼬の仕業だった、と虎龍は他の寺社奉行や老中に報告した。

誰もが失笑を漏らし、まともに取りあおうとしなかったが、反対に事件探索をやり直せと言いたてる者も、ましてや、自分が真相をあきらかにする、と引き受ける者もいなかった。

すべては暗闇のなかに消えていったのであった。

第二話　死者は蘇る

一

弥生《やよい》の十日、一面の雪化粧。

寒の戻りが厳しい今年ならでは、と言うべきか、とうとう雪が降った。藩邸の庭も、真綿を敷き詰めたように雪が降り積もっている。

時節遅れの雪で、春の深まりが遠のいたが、結城虎龍は嫌な気はしなかった。それどころか、真っ白な雪を見ると、清々しい気分にさえなった。

裃姿で庭におり、雪駄《せった》で雪を踏みしめていると、顔面を雪の塊が直撃した。屋根から落ちてきたのかと見あげたところで、

「ぼんやりしているとまた当てられます。気をつけてください」

庭の隅のほうから、菊乃の声が聞こえた。

桃色地に花鳥風月を描いた小袖が、なんとも白雪に映えている。

菊乃は白川薫とともに、雪まろげをしていたようだ。薫は白の狩衣を身に着けているとあって、雪に溶けこんでいる。黒の立烏帽子が黒い点となって、忙しげに動いていた。

小さな雪の玉が、大きな握り飯のようになってゆく。雪は、天が与えたなによりの玩具のようだ。

白い息を吐きながら、頬を真っ赤に火照らせて楽しそうに雪玉を作り、菊乃が止めるのも聞かず、薫は虎龍目がけて投げてきた。

もちろん飛んでくるのがわかっていれば、雪玉に当たる虎龍ではない。

「薫殿は、雪がお好きか」

虎龍は、雪玉を作るふたりの横にしゃがんだ。

「好きやで。童に返るようや」

同意を求めるように、薫は菊乃を見た。

「まこと、子どものころに戻った気分ですわ」

菊乃も同意した。

「雪国の人々は大変なのですぞ」

虎龍の言葉に、菊乃が小首を傾げる。雪深い国では、冬の間は家々の屋根や道が雪に閉ざされ、暮らしがままならないことを話した。

「雪かきをするのだ。家々の前に降り積もった雪をどけないと、外へ出ることもできないからな。それはもう、大変に骨が折れる日々が続くのだ」

「無粋なことを言うものやな、ハラタツさんは」

白ける、と薫は虎龍をくさした。

虎龍自身、自分でも説教じみたことを言ってしまった、と苦笑する。

「いろんな話を聞けて楽しいのですから、お気になさらないでください」

雪に照らされた菊乃の笑顔が眩しい。

「さて、登城するか」

虎龍は大きく伸びをした。

すると薫が、

「ああ、あかん」

と、胸をおさえてうずくまる。

白い息が流れ、消えてゆく。

唐突な薫の体調悪化に、虎龍は目を見張ったが、

「いかがされましたか」

菊乃もあわてた。

「あかん……」

珍しく薫にしては、弱音を吐いた。

「さあ、どうぞ」

虎龍が肩を貸し、薫は立ちあがったが、途中でよろけてしまい、激しく咳きこんでしまった。

すかさず、虎龍は薫の背中をさすった。菊乃は、おろおろと周囲を見まわす。

「ああ……」

薫が苦しそうな声を漏らすや、白雪に真っ赤な血が滴った。

吐血したのだ。


薫は寝間で床に就いた。

結城家の奥医師に治療を任せ、気がかりではあったものの、虎龍は登城した。

昼八つ半、下城して帰宅した虎龍が寝間をのぞくと、めっきりとやつれた薫が床に半身を起こしていた。

「いかがですか」

「ええわけないがな。見たらわかるやろ」

弱々しげだが薫らしい遠慮のない物言いで、虎龍は幾分ほっとした。

「医師はなんと申しておりましたか」

虎龍の問いかけに、薫は首を左右に振り、

「医師に診せてもあかんわな」

と、捨て鉢なことを言った。

奥医師には脈を診させ、気休めの煎じ薬をもらった程度だとか。

虎龍が励まそうとしたところで、

「労咳や……」

横を向いて薫は言った。

「医師に診立てられたのですか」

「診立ててもらわんでもわかる。それに、医師の言うのは同じや。安静にしろ、無理はいかん、というくらいや。そんなもん、麻呂かて心がけているがな」

不貞腐《ふてくさ》れたように、薫は失笑を放った。

わがまま勝手、自由奔放なお公家さまと思っていた薫が、労咳という難病を抱えていたとは……なんとも意外であり、労咳を患いながらも気丈に振舞っていた薫に、畏敬《いけい》の念を抱きもした。

「江戸には、よい医師がおりますぞ」

あらためて診療を受けては、と虎龍は勧めた。

「そんなこと言うてもな」

肩を落とした薫は、もはやあきらめの境地のようだ。

「腕のよい医師を探しますよ」

「まあ、あてにせんと待ってますわ……」

薫がため息を吐く。枕元に用意された土鍋の粥には、箸がつけられていない。食欲がないのだろうと思っていると、

「虎龍さん、医者もええけど、美味い食べ物を頼みますわ。精のつく物を食べるのがええよってにな」

どうやら、粥を嫌がっていたようだ。

「承知しました。なにを」

「そやな……鰻、白魚、泥鰌《どじょう》、鯉の洗いに鯉こくなんかがええな」

病人にしてはかなりの健啖《けんたん》ぶりではあるが、ひとまず手配すると約束して、虎

龍は立ちあがった。

「あ、そうそう」

薫に引き止められ、振り返る。

「医師は蘭方がええわ」

「蘭方ですか」

意外であった。

「漢方の医師には診てもらったことがあるんや。今度は蘭方で診察をしてもらおうか。それから、どこかの大名の御典医《ごてんい》はあかんで。ああいう手合いは偉そうや。口達者やが、藪医者ばっかりやからな」

偏見も甚だしいのだが、とりあえずは薫の望みを叶えてやろう。

虎龍は寺社役の藤島一平に、蘭方の名医を誰か知らないかと尋ねた。

あまり期待はしていなかったが、意外にも一平は、名医と評判の蘭方医を知っていた。さっそく薫を診てもらうかとも思ったが、まずは自分の目で確かめてみたい。

医師の名前は、向坂陽介《さきさかようすけ》だという。

「向島《むこうじま》、三囲稲荷《みめぐりいなり》の裏手に診療所をかまえておるそうです。もとは、肥前諫早藩《びぜんいさはや》、武藤讃岐守《むとうさぬきのかみ》さま家中の御典医のおひとりであったとか。半年ほど前から、向島にある履物問屋・蓬莱屋《ほうらい》辰蔵《たつぞう》の寮に間借りして、診療所を開いております」

諫早藩の典医を辞めたわけが気になったが、典医を嫌う薫であれば、むしろ藩を飛びだした医師を気に入るかもしれない。

一平は続けた。

「なんでも、広く民のために医術を役立てたいと、江戸に出てきたとか。言葉どおり、貧しい者からはいっさい治療費は受け取っておりません。腕は確かでしょう。先月には、さる旗本の頼みでご子息の麻疹を治療し、見事平癒《へいゆ》させました。これにより、あちらこちらのお大名から、典医に召し抱えると声がかかっているそうですぞ」

腕、人柄ともによさそうだ。訪ねてみる価値はある。

「……白川さまの病は重いのですか」

そこで一平は声をひそめた。一平なりに心配をしているのかもしれない。

だが、薫が労咳だとはまだ伝えていなかった。

「まあ、養生するに越したことはない、と言ったところだな」

虎龍が曖昧に濁したため、一平もそれ以上、立ち入ろうとはしなかった。

二

明くる十一日の朝、向島の向坂陽介の診療所へ向かった。

さすがにど派手な小袖の着流しではなく、羽織、袴の武家姿である。

渡し舟が出る今戸橋周辺は雪かきがおこなわれていて、大勢の男女が白い息を吐きながら行き交っている。三囲稲荷の参詣客《さんけいきゃく》は、竹屋の渡しを舟で行く。幸い、桟橋で舟待ちをする者は少なく、すぐに乗ることができた。

川風は冷たく、耳が痛い。川面がきらきらと輝き、遥か彼方にそびえる筑波山《つくばさん》が、白雪をいただいた稜線《りょうせん》をくっきりと刻んでいる。

雪晴れの空を舞う雲雀《ひばり》の鳴き声が、渡し舟を漕ぐ船頭の歌といい具合に重なり、穏やかな水面と相まって心地よい。北へ北へと向かう雁行《がんこう》が、雪は降っても春なのだと実感させてくれた。

渡し舟をおり、桟橋を通り抜けて墨堤《ぼくてい》をあがる。堤には土筆《つくし》が芽吹き、風に揺れていた。墨堤は桜並木が連なり、花見の時節には大変な賑わいとなる。三囲稲荷は向島七福神のうち、大黒神と恵比寿神を祀っていた。

向坂の診療所は一平が教えてくれたように、三囲稲荷のすぐ裏手にあった。履物問屋・蓬萊屋の寮とあって、一見して庄屋の家のようだ。

なるほど、評判の医者なのだろう。母屋を改造した診療所には、雪が降ったにもかかわらず、大勢の患者が詰めかけている。

広い板敷のあちらこちらに火鉢が置いてあり、患者たちは暖をとりながら順番を待っていた。見たところ、近在の百姓や店者《たなもの》ばかりだ。奥の座敷が、診療室となっている。

どこも悪くはなかったが、向坂と話をするため診療を待つことにした。

待つ間、患者たちはおとなしく自分の番を待ち、お互いの病状についてや世間話を交わし、ときおり向坂への感謝を口にしていた。

こんなところからも、向坂の人柄のよさがうかがえた。

羽織袴という武家姿の虎龍は、ひときわ目立っている。なかには警戒の目を向けてくる者もいたが、患者のやりとりを耳にしているうちに理由がわかった。

このところ、向坂の評判を聞きつけた大名家の侍が、御典医になってくれと押しかけてくるらしい。虎龍も、そのような輩だと思われているのだろう。

患者からすれば敵である。厳しい視線にさらされ、居心地が悪いなか、待つこと半時あまり。ようやく虎龍の順番となり、診察室に入った。

「失礼します」

畳が一畳、患者用に敷かれている。脇に長机があり、書物と硯箱《すずりばこ》、帳面が載っている。ほかには木彫りの子安観音像が置かれ、やわらかな笑みをたたえていた。患者に、安心感を与えてくれるようだ。

向坂の脇には盥《たらい》があり、水が張ってあった。向坂は丁寧に手を洗いつつ、虎龍に向いた。

歳若く、虎龍と同じくらいで、二十七、八といったところだろう。観音像のように、温もりが伝わってくるような、やわらかな笑みをたたえていた。

「どうされましたか」

声音《こわね》も穏やかである。

「このところ、疲れが溜まると申しますか、気だるいと言うか……」

まずは、曖昧に病状を述べたててみた。

虎龍の虚偽の申告にも、向坂は熱心に耳を傾けた。虎龍の右腕を取り、しばらく慎重に脈を診たあとに、

「襟元を開いてください」

向坂に言われ、胸を開いた。向坂は指で胸を何か所か叩き、畳の上に身を横たえるよう言った。言われるままに仰向けになると、向坂はさらに着物を広げ、今度は胃の腑《ふ》のあたりに手を置き、ゆっくりと押した。

軽くうなずくと、次いで起きるように告げられた。半身を起こし、着物の襟元を合わせたところで、

「とくに、どこが悪いということはございませんな」

「……そ、そうですか。気のせいかもしれませんな」

思わず目を伏せてしまった。

「頭痛とか腹痛とかはございませぬか」

「たまに腹痛がします」

虎龍は胃のあたりを右手で押さえた。

「どのくらいの頻度ですか」

「月に一度か二度……その、食べすぎたあとでござるが」

恥じ入るように、己が下腹をさすった。

「胃の触診をしたかぎりにおきましては、とくに異常はないようです。痛みを感

じておられませんでしたね」

胃の触診中、虎龍の表情に変化がなかったことを見ていたようだ。

「しばらく様子を見られてはいかがですか。痛みを感じたり、吐き気を催したりなさったら、また、いらしてください」

「そうします」

向坂の手を煩わせてしまったことを、申しわけなく思った。

「診療費ですが、いかほど」

財布を取りだし問いかけたところで、向坂は即座に、

「不要です」

と、答えた。

「いや、そういうわけにはまいりません」

「治療行為をしたわけではありませんから、不要です」

淡々とした口調だが、きっぱりと向坂は断じた。

「先生のお手を煩わせたのですから、ただというわけにはまいりません」

仮病という後ろめたさもあった。

「ならば、心づけ程度でよろしくお願いします」

不快がることなく、にこやかに向坂は応じてくれた。さて、いくら出そうかと迷ったあげくに、一分金を机に置いた。

「かたじけない」

向坂はぺこりと頭をさげた。

とはいえこの医師であれば、私腹を肥やす気など毛頭なく、診療所の維持や貧しい者たちへの薬代にするだろう。

そこへ、

「先生、こんにちは」

元気のよい娘の声がしたと思うと、少女が入ってきた。虎龍を見て、こんにちは、とふたたび挨拶をする。虎龍も笑顔を返した。

七つか八つだろう。手には、風呂敷包を持っていた。

娘は、机上の子安観音像に向かって目をつむると、両手を合わせた。しばらく拝んでから、向坂に向いた。

「お咲《さき》、今日はどんな本を持ってきたのだ」

穏やかな口調で、向坂は問いかけた。風呂敷包の中味は、本なのだろう。

「絵双紙でございます」

果たして、風呂敷を広げると、赤い表紙の本が現れた。通称、赤本と呼ばれ、子ども向けの話が多い。

「聖徳太子さまのお話でございます」

お咲は本を開いた。

絵が描かれている。聖徳太子誕生の場面であった。厩《うまや》で母親に抱かれた赤子の前で、三人の高僧らしき男たちが恭しく拝礼している。赤子には、後光が差していた。

「お咲、この書物はわたしの……」

向坂が戸惑ったように言うと、

「先生、ごめんなさい。先生の書棚から持っていきました」

ぺこりと頭をさげたお咲に、向坂は怒ることなく頭を撫でた。

「今度から、読みたい書物があったら言いなさい」

「わかりました。本当にごめんなさい」

重ねて詫びると、お咲は机の前にちょこんと座った。本を置いたところで、はたと思いだしたように、

「あ、そうだ。今日はお掃除の日でした」

と言って、そそくさと診療室から出ていった。

「いまのは……」

お咲の背中を目で追い、虎龍が問いかけると、

「お咲と申しまして、この寮の持ち主、蓬莱屋辰蔵殿の娘です。診察中に申しわけございませんでした」

向坂は口元に笑みをたたえながら答えた。

どうやら、腕がいいばかりか、人柄もよい医者のようだ。仮病ではあったが、触診や問診にも誠実さを感じた。大勢の患者に慕われているのも納得できる。

ぜひにも、薫に診察を受けさせたくなった。

三

翌朝、虎龍は薫とともに、向坂の診療所に向かった。名医だと勧めてもぐずぐず文句を並べていこうとしないため、無理やり引っ張ってきたのである。

幸いと言うべきか、薫も診療所へ行けるくらいには快復していた。あの繁盛ぶりからして、向坂のほうから来てもらうというのも言いだしにくい。

往来に雪は残っているものの、昼からは日が差し、ぽかぽかとした陽気である。とはいえ、大川を渡る風は冷たく、背中が丸くなってしまう。

薫は咳き込むこともなく、気分がいいようだった。墨堤を北に向かい、長寿寺の名物である桜餅を食べないか誘おうとも思ったが、薫の気が変わらないうちに診療所に立ち寄ってみることにした。

歩みを速め、診療所を目指す。

診療所の門をくぐり、雪でぬかるんだ庭を横切る。母屋に入ると、診察を待つ患者の間に混ざった。火鉢にあたりながらぼんやりとしていると、やはり患者たちが口々に、向坂への感謝を言葉にしているのが耳に入った。

薫が懐中から書物を取りだし読みはじめたため、虎龍も話しかけることは遠慮した。

待つこと半時で、薫の順番になった。

「あずかっておきましょう」

虎龍の申し出に、薫は書物を渡してきた。心なしか目が緊張を帯びている。無言のまま、薫は診察室に向かった。

受け取った書物は曲亭馬琴《きょくていばきん》の、「南総里見八犬伝」である。

難しい本ばかり読んでいると思ったが、こういう娯楽本も好きなのかと、少し微笑ましく感じた。

診療所に大勢の患者が訪れると聞いて、時間潰しに持ってきたのかもしれない。ともかく、薫にはじっくりと診察を受けてもらいたいと思いながら、虎龍も南総里見八犬伝を開いた。

診察を待つ間、読書の合間に待合を見てみると、患者たちの中心になっている中年の男に気づいた。どうやら、向坂にこの寮を提供した蓬莱屋の主人の辰蔵らしい。昨日、飛びこんできたお咲の父親である。

「失礼ながら」

声をかけると、辰蔵は商人らしい物腰のやわらかさで応じた。虎龍は直参《じきさん》旗本の結城とだけ名乗り、向坂の評判を聞きつけてやってきたことを伝えた。

「近頃はお大名屋敷からも、向坂先生の診察を受けたいとやってこられますよ」

「向坂殿とは、どのようにして出会ったのだ」

虎龍の問いかけに、辰蔵は躊躇《ためら》うことなく答えた。

「あれは、半年ほど前のことでした」

辰蔵はお咲を連れ、三囲稲荷に参拝したという。朝から風邪気味であったが、お咲は医者嫌い、薬嫌いとあって黙っていた。それが災いし、参拝の最中に高熱を出してしまった。

そこへ居合わせたのが向坂で、お咲をその場で診察してくれたのだという。

「お咲は難しい娘でございます」

ぽつりと辰蔵は言った。

「難しいとは……」

「人見知りがとても激しいと申しますか……もともと身体が弱いので、方々のお医者さまに診せる機会が多かったのですが、お咲は口をきこうとせず、心を開くこともなかったのです」

そのお咲が向坂には心開き、素直に診察されたのだそうだ。父の辰蔵は、それがなによりも嬉しかった。ひとり娘とあって、お咲への愛情はひとかたならないものがあるようだった。

病が癒えてからも、お咲は向坂と離れることを嫌がった。

「向坂先生は、肥前諫早藩・武藤讃岐守さまの御家中を去り、江戸に出てこられました。江戸に出てこられたのは、より大勢の患者の治療にあたりたいから、と申されたのです。江戸のどこで診療所をかまえるかは、まだお決めになってはおられぬということでしたので、それではぜひにと、この寮を提供したのでございます」

話を聞くに、辰蔵も向坂の人柄のよさに感銘を受けたようだ。

「加えまして、お咲の手習いまで、お引き受けくださるようになりました」

身体が弱く、人見知りの激しいお咲は寺子屋でいじめられ、馴染《なじ》めずにいた。だが決して習い事が嫌いなわけではなく、むしろ本を読むことは大好きなのだとか。向坂のもとで一緒に本を読んだり、手習いを教わったりすることで、よりいっそう生き生きとするようになった。

「引っこみ思案だったお咲が、向坂先生のおかげで人と交わったり、診療所の掃除を手伝ったり、それはもう……」

語っているうちに熱いものがこみあげてきたのか、辰蔵の目が潤んだ。

「向坂先生は、身体の弱いお咲がすくすくと育つようにと、子安観音の木像まで彫ってくださったのです。まこと、感謝の言葉もございません」

診察室の机に置かれた子安観音像に、両手を合わせるお咲の姿が思いだされた。

辰蔵と話しているところへ、薫が戻ってきた。

表情からは、診察の結果はうかがえない。

そのまま、虎龍と薫は診療所をあとにした。

竹屋の渡しで舟待ちをする間、ぽつりと薫は言った。

「薬をもらった」

「労咳に効く薬か」

虎龍が聞き返すと、

「咳止めやな。労咳に効く薬なんて、蘭方にもないようや」

淡々と薫は返した。

薬をもらったということは、薫は向坂を信用したのだろう。無駄足ではなかった、と虎龍は安堵した。

「ええ医者やったな」

薫は言い添え、次いで、表情をやわらげた。大きく伸びをし、日輪を浴びながら胸いっぱいに空気を吸いこむ。

そんな薫を見て、虎龍は嬉しくなった。診療所に引っ張ってきてよかったと、向坂に感謝した。

四

三日後、十五日の好天に恵まれた昼さがりだった。

「向坂陽介が死にました」

突然、一平が報せてきた。

「なに……」

あまりに唐突な凶報に、咄嗟《とっさ》に言葉が返せない。やっと虎龍の口から出たのは、
もっともな疑問であった。

「いったい、どうして……」

「殺されたのです」

さらなる驚きである。

「誰に……だ」

「まだ、わかりません」

小さく一平は首を横に振った。

「今朝、白川さまのお薬をもらいにいったところ、蓬莱屋辰蔵に聞いたのです」

辰蔵によると、今朝、向坂は寮の中にある離れ家で発見された。

寮の母家を診療所とし、向坂は離れ家を住まいとしていた。

そして布団に横たわる向坂の亡骸のそばには、お咲が座っていたそうだ。向坂の背中には、短刀が突き立っていたという。

布団は血に染まっていた。検死によると、出血が甚だしく、それゆえ命を落としたということだ。

「娘というと、お咲だな」

「はい、辰蔵のひとり娘、お咲です」

悲嘆に暮れるお咲の様子が、目に浮かぶようだ。

おそらく衝撃のあまり、動くこともできないのではないか。患者や近所の者たちも、悲しみに暮れているに違いない。

「かならずや下手人をあげねばな……もっとも、寺社奉行の出る幕ではないが」

虎龍が言うと、

「それでござります」

困ったように、一平は腕を組んだ。

「いかがした」

向坂陽介は、評判の名医だった。南北町奉行所は総力をあげて、下手人探索をおこなうだろう。

一平は腕を解き、両手を膝の上でそろえた。

「じつは南町の同心、伴内丑五郎殿から、寺社方にお任せできないか、とお願いされたのです」

「なぜ伴内が……あの者、町方の領分にはうるさいではないか」

虎龍は首をひねった。

「なんでも、蓬萊屋辰蔵のたっての頼みだとか」

「辰蔵がなんと……」

「事件を表沙汰にはしたくないそうなのです。町方が探索をおこなえば、当然のこと事件は明るみに出て、ただでさえうちひしがれているお咲がどうにかなってしまうかもしれないと……辰蔵は愛娘を心配しておるのです。かと申して、下手人をあげぬわけにはまいりませぬ。蓬萊屋辰蔵は町役人を勤めているそうで、南町の与力たちとも日頃から親しくしており、それで……」

なるほど、与力を通じて、事件から手を引くよう伴内は釘を刺されたのだ。

伴内には気の毒だが、それならばお咲のためにも、そしてなにより向坂陽介の無念を晴らすためにも、下手人をあげたい。

「では、さっそくまいりましょう」

気ぜわしそうに、一平は腰をあげた。

一瞬迷ったが、薫には、下手人を捕えてから報せようと考えた。いま知れば、自分も探索に加わると言い張るに違いない。安静にしてもらいたいし、なによりあれこれとやかましく口をはさんで、探索を乱されてはかなわないというのが本音だった。


虎龍と一平は、向島の向坂の診療所を訪れた。今日も虎龍は羽織、袴姿だ。

離れ家のまわりには、雪が残っている。

母屋では大勢の患者が集まり、向坂の死を嘆き悲しんでいた。そのなかにいた辰蔵が、虎龍と一平に気がついた。

一平は辰蔵に目配せをして、診療所の隅に行くよう求めた。

近づいてきた辰蔵は、まさに神妙な面持ちである。一平が虎龍の素性を明かすと辰蔵は仰天し、知らぬこととはいえご無礼いたしました、と恐縮したあと、たびたびの来訪を訝《いぶか》しんだ。

それには答えることなく、代わりに一平が、

「そなたの希望を受け、なるべく事をおおげさにしないよう、向坂殺しの探索をおこなうこととした。したがって町方ではなく、向坂殿との縁もあって、寺社奉行の結城大和守さまが探索をなさる」

「それは畏れ多いことでござります。また、お気遣いありがとうございます」

辰蔵は、一平と虎龍に頭をさげた。

一平はうなずいてから、

「存じておろうが、御奉行は数日前にこの診療所を訪れておられる。これも、なにかの縁だ」

そこであらためて虎龍が、辰蔵に言った。

「頼まれたからには、事件を解決すべく力を尽くす所存だ。そなたも、探索の手助けをしてくれ」

「ぜひとも下手人を捕えてください。お咲のため、いいえ、向坂先生の世話になった者たちのためにも」

ふたたび辰蔵は、深々と頭をさげた。

「では、まずひととおりのことを聞かせてくれ」

虎龍に問いかけられ、辰蔵は心を落ち着かせて答える。

「今朝のことでございました」

お咲は昨晩、向坂と一緒に過ごすと言って、蓬莱屋の家を出ていった。まだ甘えたい盛りなのか、これまでも何回か診療所のほうに出向き、向坂と一日を過ごすことがあった。

明朝になり、いつものように辰蔵が迎えにいったところ……。

「そうしましたら、向坂先生の背中に短刀が突き立ち、すでにお命は……」

天を仰いで、辰蔵は絶句した。

「お咲はどうしておったのだ」

「亡骸のかたわらで、言葉なく座っておりました。なにも語ろうとしません」

「いったい、なにがあったのだ……お咲は、いまはどうしておる」

「いつまでも亡骸のそばにいさせるわけにもいかず、抱きあげて離れ家の隣室に連れていきました。向坂先生の亡骸は、殺害の探索をおこなってくださるお役人さまにご検分いただきましてから、離れの裏手にある御堂にお移しするつもりでございます。今夜、お通夜をとりおこなおうと思っております」

「お咲の様子は……」

「見ておれぬほどです。魂の抜け殻と申しますか、慰めの言葉もありません」

辰蔵の言うことは、決しておおげさではないだろう。

「まずは、お咲に話を聞こう」

虎龍の言葉で、鎮痛な面持ちの辰蔵が案内に立った。

五

離れ家の格子戸を開けると小あがりになっていて、襖が閉じられている。

寺社奉行が殺しや盗みの現場に立ち入って検証したり、聞きこみをおこなうことはまずないが、そんな慣例は無視すべきだろう。

辰蔵が、

「お咲、開けるよ」

と、声をかけてから襖を開けた。中は二間続きで、奥の部屋は襖が閉じられている。向坂の亡骸が横たわっているのだろう。

ところが、手前の部屋にいるはずのお咲の姿がない。冷んやりとした空気が漂うばかりだ。

「お咲……」

つぶやいてから、辰蔵は閉じられた襖に目をやった。大股で進み、襖を開ける。

向坂が布団に寝かされている。

果たして、枕元にお咲が虚ろな目で座っていた。

声をかけようとした辰蔵を制し、虎龍はそっと布団をめくった。

向坂は寝巻姿、背中には短刀が突き立ったままだ。そのせいで、仰向けではなく、右の頬を下に向けて横向きに寝かされている。

短刀はそれほど深く刺さってはいない。肺の腑や心の臓に達してはいないだろう。それでも落命したのは、一平が言っていたように流血のためのようだ。

乾いた血が、どす黒く布団を汚している。

死に顔は、意外なほどに穏やかだった。

「お咲、ここにいてはいけないと言っただろう」

辰蔵が声をかけてから、お咲を抱きあげようとした。

「いや！　いや！」

途端に、お咲は激しく抗った。あまりの勢いに、辰蔵の手が振り解かれる。

「いいかげんにおし。さあ、先生のおそばから離れるんだよ」

ふたたび抱きあげようと辰蔵が両手を伸ばすと、

「いやだあ！」

お咲は火がついたように泣きだした。

「よい、好きにさせてやれ」

虎龍が声をかけると、辰蔵は黙礼を返し正座をした。

お咲は、とても話が聞ける状態ではない。

申しわけございません、と辰蔵が詫びた。

「とにかく、下手人は昨夜から朝にかけてここにやってきて、向坂殿を殺したということだな。だが、いったいどうして……」

虎龍の問いかけに、

「まったくわかりません。結城さまもよくおわかりになったと思うのですが、向坂先生は、それはもうできたお方でございました。患者はみな神さまのように崇《あが》め、それでも向坂先生は決して驕《おご》ることもございませんでした、向坂先生を恨む者などおりません」

お咲は夕餉《ゆうげ》を向坂と食し、その後、いったん家に帰って宵《よい》五つ（午後八時）になって、もう一度、診療所に向かったという。とすると、お咲が離れ家を留守にしている間に殺されたのだろうか。

お咲が、向坂が殺されたところを見た可能性もある。お咲が衝撃を受けているのは、向坂が殺されるのを目撃したからではないのか。

どちらにしても、向坂が殺されたあと、お咲は騒ぎたてることもなく、ただじっと亡骸のそばにいたということになるが……。

そのお咲はいまも枕元に座ったまま、身じろぎもしない。それを心配そうに、辰蔵は見ている。

「まずは聞きこみからだな」

寮の周辺で聞きこみをおこなう、と虎龍が告げると、辰蔵が申し出てきた。

「手前どもも、及ばずながらお手伝いをします。店の奉公人と患者にも声をかけ、昨夜から今朝にかけて、この寮のまわりに怪しげな者がうろついていなかったか、聞いてみます」

「それはありがたいが、店はよいのか」

「奉公人も、向坂先生のためにお役に立ちたいと勇んでおります」

「とはいえ、患者には無理をさせないほうがよいのではないか。まだまだ寒いからな」

「患者も、なんとか役立ちたいのですよ」

訴えかけるように辰蔵は言った。


夕刻になり、虎龍と一平は、診療所で聞きこみの成果を聞くことにした。辰蔵のほかにも、手伝ってくれた店者や近所の者が数人ほど集まっていた。

棒手振《ぼてふ》りの納豆売りや行商人風の男が目撃されているらしいが、向坂とのかかわりは薄そうで、とても有力な手がかりとは言えない。

「申しわけございません」

辰蔵がみなを代表して詫びた。

「謝ることではない。悪いのは、向坂殿を殺した下手人だ」

虎龍が返すと、向坂を失った思いがよみがえったのか、すすり泣きが聞こえた。

と、ひとりの女がおずおずと手をあげた。

「これは、向坂先生が殺された当日のことではないのですが……」

「かまわぬ。なんでも気にかかったことがあったら言ってくれ」

女は、では、と前置きしてから、

「三日ばかり前でしたか、向坂先生を訪ねて、お侍さまがやってきたんです」

　すると辰蔵が口をはさんだ。

「いまにはじまったことではないだろう。これまでにも、向坂先生をご典医に迎えようというお大名のご家来衆が、大勢いらっしゃったではないか」

「違うと思いますよ」

　女はきっぱりと言った。

「どうしてだい」

「先生は、そうした典医の話は固く断っていらしたではございませんか」

　あちらこちらから、そうだ、と賛同する声があがった。

「わたしが見たとき、お侍さまと先生は、お庭で立ち話ですが、熱心に話しこんでおられました」

　しっかりとした口調で、女は証言した。

「ほう……どこの家中の者だ」

　ふと、虎龍も興味をそそられた。

「そこまではわかりませんが、九州の訛りがあったような」

　諫早藩は肥前、つまり九州だ。以前に仕えていた藩から、藩士が訪れてきたのだろうか。

「その侍を、誰か見知っておる者はおらぬか」

虎龍はみなを見まわした。

誰からも声はあがらない。虎龍もさして期待はしていなかった。

「では、ほかになにかないか。どんな些細なことでもいい」

虎龍の問いかけを真摯に受け止め、みな思案をはじめた。

やがて、

「関係ねえかもしれませんが」

と、男がおずおずと口火を切った。

「かまわぬ。見当外れでもいい。なんでもいいから話してくれ」

「そんじゃ申しますけど、おら、おっかさんの治療費の代わりだって、いつも青物を届けてるだ」

一昨日も、男は大根を届けにきて、向坂はたいそう感謝してくれたらしい。日頃のお礼にと、男はわざわざ井戸で大根を洗い、泥を落としたそうだ。

「そんで、台所に置いておいただ」

ところが、母親の治療が終わった頃合いを見計らって、男が迎えにやってくると、向坂は虚ろな目で大根を井戸端に運んでいたという。

「おらの洗いかたが足らなかったのかと思って、先生に声をかけたんです」

すると、向坂ははっとしたように、

「ああ、そうか洗ってくれたのだったな、と気づいたみたいに……」

すると、この話が皮切りとなって、自分も、向坂先生がぼおっとなさっていたのを見た、という者が何人も現れた。

「疲れていらっしゃったんだ」

「無理もねえよ。毎日、大勢の患者を診てくださっていたんだ」

などという声が飛び交う。

するると、そのなかの女が、

「いや、たしかに先生はお疲れだったかもしれないけど、わたしには、先生がなにかに怯えているように見えたよ」

と言ったため、ふたたび沈黙が場を覆った。女は悪いことを言ったかのように目を伏せる。

助け舟を出すように、辰蔵が声をかけた。

「お種《たね》さん、その辺のことを、もっとくわしく話してくれないか」

「先生は、庭でぼおっとしてらしたんだけど、重いため息を吐かれて、どうしたんだろうって近づくと」

　お種が向坂に声をかけると、びくっとなって、まさに跳びあがらんばかりだったという。

「額には脂汗が滲んで、おっかない顔をなさっていたですよ。そう、九州訛りのお侍さまと話をしたあとくらいだ」

　必死に思いだすようにして、お種は言った。

六

　結局、たいした手がかりは得られないまま、虎龍と一平は向島をあとにした。

　気が重いが、やはり薫にも向坂の死を伝えなければならない。下手人を捕えてからとも思ったが、落着まで難航が予想されたからだ。

　藩邸御殿の寺社奉行用部屋で、薫は白絹の寝間着のまま書見をしていた。菊乃が淹れてくれた茶を飲みながら、いつになく機嫌と顔色もいい。

「向坂殿からいただいた薬のおかげで、このところ気分がよいわ。咳も止まった。

ほんま、名医やな」

信頼できる医者とめぐりあって喜んでいる薫には気の毒だが、事実は告げねばならない。

「じつは……向坂殿が亡くなられたのです」

途端に、さっと書物から顔をあげ、薫は怖い顔で虎龍を見た。さすがの薫も、言葉が出ないようだ。

「今朝、蓬莱屋辰蔵が、離れ家で亡骸となった向坂殿を見つけた」

見つけた経緯と、お咲が亡骸のかたわらに座ったまま動こうとしないことも話して、

「ついては、南町奉行所の同心、伴内丑五郎から、下手人探索の力添えを求められた。それで今日は、患者や蓬莱屋の奉公人から話を聞いてきたところです」

戸惑いで視線を揺らしていた薫だったが、虎龍の話を聞くうちに落ち着きを取り戻し、表情が引きしまった。

「お咲は心を閉ざしたままです。心を開いてくれれば、多少なりとも有力な証言が得られると思うのですがね」

ため息を吐く虎龍の前で、薫は口を閉ざしたままだ。

しばし沈黙ののちに、薫はふと、

「辰蔵が下手人ということはないかいな」

と、思いつきを口にした。

「まさか」

虎龍は一笑に付したものの、薫は大真面目な様子である。

「いや、なにも馬鹿にしたのではないですぞ。辰蔵は向坂殿を心から尊敬していたのです。その向坂殿を殺めるはずは……」

虎龍の弁解混じりの説明を遮り、薫は主張した。

「深く眠っていただけの向坂殿を、辰蔵がその場で殺したのかもしれんやないか。そしてさも、もとから死んでいたように装ったのや」

「可能性を言えば考えられなくはないが、辰蔵が向坂殿を殺す理由が、どこにありますか。繰り返しますが、辰蔵は向坂を尊敬するばかりか、娘の恩人だと思っているのですぞ」

「まさに、その可能性を言ったまでや。そして、そういうことであれば、むしろお咲が下手人であれば、いちばんしっくりくるんやないか」

さらに過激な考えを、薫は言いたてた。薫らしい遠慮会釈のなさだが、それにしてもあまりに突飛であろう。

「向坂殿の死で、お咲は立ち直れないくらいの衝撃を受けているのですぞ。それに、七つの娘が大の男を刺せると思いますか」

反論するうちに、なんだか腹が立ってきた。いまの虎龍はまさに、薫がよく揶《や》揄《ゆ》する「腹立つ」になっているかもしれない。

しかし、薫はそんな虎龍の心中など斟酌することなく、持論を曲げない。

「離れ家に出入りした者が見つからないかぎり、お咲が下手人ではないとは断定できないのとちゃうか」

「じゃあ問いますが、動機はなんですか」

「虎龍さん、麻呂はお咲が下手人であるかないかの可能性を言うてるのや。下手人やと決めつけているのと違う。さらに可能性ということで言えば、向坂さんは自害であったとも考えられる」

薫は、さらりと言ってのけた。

「まさか……いや、待てよ」

何人かの患者が証言していた。

このところ、向坂は、ぼおっとしており、しかもなにかに怯えていた、という。

なにか人知れず悩みを抱えていたのだろうか。

しかし、短刀は背中に刺さっていた。

「自害ならば、背中を刺すようなことはするまい」

虎龍は薫の背後にまわり、扇子を背中に立てた。

「どうです、自分じゃ刺せないでしょう」

虎龍の問いかけに、薫は首を縦に振った。

「すると、いちばん可能性が高いのは、やはりお咲やな……」

「待ってください。さきほども申しましたが、お咲がどうして向坂殿を殺すのですか」

「殺したのではなく、刺したと言ったのや」

「同じことじゃないですか」

虎龍は苦笑したが、やはり薫は大真面目である。

「我々や患者が知らない一面が、向坂にはあったのかもしれないわな。諫早藩の武藤讃岐守さまに仕えていたころの向坂殿を知れば、なにか手がかりが得られるかもしれんで」

なるほど、薫の言うことには一理あった。

虎龍は、お種の証言を思いだした。

「近頃、どこかの大名家の家来と思しき侍と、向坂が深刻そうな話をしている姿も目撃されておりますな」

「幕臣とは考えられんのかいな。大名家の家来と、どうしてわかったのや」

「九州のお国訛りがあったそうです」

「であれば、話はつながる。向坂殿を訪ねて、諫早藩の藩士がやってきた。諫早藩の藩士は向坂殿にとって、招かざる客だったのかもしれんで」

「すると、下手人は諫早藩の藩士ですな。いや、決めつけるのは早計だ。ともかく諫早藩邸に行ってきます」

虎龍が話を切りあげようとしたところで、

「それと、もうひとつ気になることがありますわ」

薫は言った。

「なんですか」

「お咲はどうして、向坂殿の亡骸から離れようとしないのやろう」

首を傾げ、薫は疑問を呈した。

「そりゃあ、向坂殿の死が悲しいからでしょう。実際、辰蔵が枕元から連れていこうとしたとき、赤子のように泣きじゃくったのですぞ」

「それは、向坂殿から引き離されそうになったからで、それまでは、泣くこともなく、じっとしていたのだろう。なにかを考えていたのと違うか。麻呂にはお咲が、向坂殿の死を受け入れることができないような気がするわ」

「やっぱり悲しみが深いのでしょう。人間、あまりに悲しいと、涙も出ないものですよ」

ふと、妻を亡くしたときのことを思いだした。百合は半年あまり、病に臥せっていた。病状は日々深刻であったため、妻の死はなかば覚悟ができていた。そのせいかはわからぬが、虎龍は涙を流した覚えがなかった。

薫は納得できないのか、首をひねっていたがふと、

「向坂陽介は、幸せやったんかな」

つぶやくように言った。

唐突な薫の疑問に、虎龍は戸惑った。

「少なくとも、向島の診療所で大勢の患者を診療していたときは、幸せだったのではないですかな。人は頼られると嬉しいものですよ。薫殿だって、わたしから頼られて嬉しいでしょう」

虎龍は薫に微笑みかけた。

「迷惑やな……いや、嘘や。嬉しいわ。生きている気がするな」

薫もにこりとした。

笑みのなかに、どこか寂しさを感じる。瞳が濁っている。向坂の死が、相当にこたえているのだろう。

薫は書物に視線を落としたが、読書に集中できるものではないようで、じきに顔をあげ、ため息を吐いた。

そこへ、

「なにか悲しいことでもありましたか」

ふたたび菊乃が茶を持ってきた。

「いいや、ないで」

無愛想に返し、薫は書物を両手で持ちあげた。

七

虎龍は一平に、諫早藩邸の留守居《るすい》役が誰かを確認させた。

すぐに戻ってきた一平から、大木《おおき》掃部《かもん》という男だと報告を受ける。

十六日の昼、さっそく虎龍は、諫早藩邸を訪れた。

客間に通されると、すぐに大木掃部がやってきた。聞いていたとおり、大木は初老の真面目そうな男であった。

「御用向きを承りましょう」

静かに問いかけてきたが、寺社奉行の来訪を大木は訝しんでいるようだった。

「御当家の家中に、向坂陽介殿というお方がおられましたな」

虎龍の問いに、大木の目元がぴくりとなった。

「おりました。大和守さま、向坂をご存じでござりますか」

「向坂殿は昨日、亡骸となって見つかりました」

「なんと」

大木の目がむかれた。

努めて穏やかな表情で、虎龍は質問を重ねた。

「向坂殿は、向島で診療所を開いておられ、それはもうたいした評判でございました。大勢の患者から頼られ、好かれておられたのです。わたしも診察を受け、評判どおり……いや、評判以上の名医で、なにより誠実な人柄に感銘を受けました。諫早藩でも、医師であられたのですね」

目下の自分にも丁寧な物言いをする虎龍に、大木は恐縮しながら、

「向坂は郡方《ぐんがた》の役人でしたが、医術を学びたいと長崎に行きました。大変に学問に秀でた男でしたので、長崎でも高名な蘭方医に学び、しっかりとした医術を身につけて戻ってまいりました」

「なぜ、向坂殿は医術を学ばれたのですか」

「非常に生真面目な男でしてな、郡方の役人のときも、病んだ領民がいるにもかかわらず、村医者の数が少ないことを憂いておったのです。ならば領内を巡回中、自分の手で病んだ領民を治してやろうと思いたったのですな」

やはり、向坂陽介は誠実で優しい男であったようだ。

「向坂殿が御当家を離れたわけを、お聞かせいただけませぬか」

大木は話すべきかどうか躊躇っている様子だったが、

「くれぐれもご内聞に願いたいのですが……」

「わかっております。今回の一件は寺社奉行の役目、つまり公務ではありませぬ。あくまで、結城虎龍が私人として探索にあたっておるのです。決して、口外も公儀で問題にすることもありませぬ」

表情を引きしめ、虎龍は約束をした。

深くうなずいてから、大木は続きを語った。

「あれは、昨年の秋でござった」

昨年の夏から秋は、例年以上に野分が襲来してきたそうだ。

「稲は、それはもうひどい出来でござった。領民どものなかには、餓死する者も出るありさまでしてな。向坂は非常に心を痛めておりました。それで、お救い小屋と年貢の免除を、藩に対して願い出たのでござる。国元に戻った殿の駕籠に、直訴状を持って訴えたのでござるよ」

己の命を顧みることなく、領民のため嘆願書を手に駕籠に駆けこむ向坂の姿が目に浮かぶ。端正な面差しを必死な形相にして、髪を振り乱し走る姿が。

「殿は向坂の訴えをお聞き届けになり、領民のためにお救い小屋を設け、炊きだしをおこないました。あわせて年貢も、免除というわけにはまいりませんでしたが、三分の一となさったのでござる」

「そうですか。それはよかったではありませぬか」

「ところが、直訴は御法度。向坂は責任を取って藩を去ったのです」

「向坂殿、じつに出来たお方であったのですな」

「生真面目と申しますか、真面目に過ぎるところがありました。悪く申せば、融通が利かないと申しますかな。妥協することを潔しとしない男でござりましたな」

向坂とは一度話しただけだったが、大木の向坂評は当たっているように思える。一本気で誠実、これが正しいと思ったことには、とことん突き進むようだ。

「じつのところ、向坂殿は殺されたのです。下手人について、なにか心あたりはございませんか」

「向坂は、当家を離れた男でござります。あいにく、当家で向坂とかかわる者などござりませぬ」

きっぱりと否定する大木に対し、

「しかしながらここ数日、諫早藩の方々が診療所を訪れ、向坂殿と語らっているのを目撃されておるのですがな」

諫早藩の藩士かはいまだ不明だが、鎌をかけてみた。

「そのようなことはないと存じますが」

どうやら本当に、大木には心あたりがないらしい。

「諫早藩内で、向坂殿に恨みを抱く者はおりませんでしたか」

「恨みまではどうかと思いますが、融通の利かぬ男ゆえ、嫌う者がおったことは事実です」

要するに、向坂は領民の立場に立った仕事をしていたということだ。領民を慈しみ、暮らしぶりを第一に考える男であったのだろう。

直訴に及ぶ前、向坂とて上役に年貢の減免を提言したに違いない。しかし、上役も同僚も、御家を慮《おもんぱか》り誰ひとりとして動こうとはしなかった。

領民からすれば、誠実で頼り甲斐のある男でも、同僚や上役からすれば迷惑な存在であったのかもしれない。

「大和守さま、向坂殺しの探索につきましては、お力にはなれそうにござりませぬ。ただ、当家と無縁になったとは申せ、向坂が領民のため命がけで尽くしたことは、まぎれもない事実。当家としてはともかく、わたし個人として、向坂の供養料をお持ちくださりませ。いや、本来なら拙者が、この足で出向かねばならんのですが、それは立場上でき申さぬゆえ、どうか武士の情けで……」

大木は平伏してから立ちあがると、客間を出ていった。大木の立場を思えば、それが精一杯のことなのだろう。

しばらくして戻ってきた大木は、紫の袱紗《ふくさ》包みを虎龍の前に置いた。軽く頭をさげてから受け取ると、ずしりと重い。大金だ。

見返すと、大木は虎龍の視線から逃れるように横を向いた。向坂に後ろめたいものを抱いているのだろうか。

「承知しました。蓬萊屋辰蔵と相談し、使い道を考えます。そうだ、墓を建てましょうかな」

すると大木が、

「墓ですか……」

と、つぶやいた。戸惑い気味に視線が揺れる。

「なにか……」

「いや、さまざまな宗派がございますので」

早口に大木は返した。

「向坂殿は、どの宗派でしたかな」

「さて、向坂は……」

大木は思案をした。それから、

「たしか浄土宗でした」

「承知しました。向島界隈の浄土宗の寺にて墓を建てましょう」

墓ができれば、お咲も向坂の死を受け入れるかもしれない。

「では、この金子、かならず向坂殿のために役立てます」

強い決意をこめて虎龍は言った。

「お手数おかけいたします」

ふたたび大木は、深々と頭をさげた。

やはり向坂は、誠実な人物であったようだ。薫もこのことを聞けば、今回ばかりは素直に喜ぶに違いない。

八

善は急げとばかりに、その足で蓬莱屋に向かったところ、辰蔵は向島の寮へ出かけているという。昼四つ半（午前十一時）を過ぎ、朝早くから動いているせいで、腹が減ってきた。

ところが、虎龍が診療所に着くやいなや、真っ青な顔の辰蔵が駆け寄ってきて、袖を引いて庭の隅へと導く。

「どうしたのだ」

ただならぬ辰蔵の様子に、虎龍のほうが戸惑ってしまう。

辰蔵は肩で息をしながら、

「お咲が、お咲が……」

舌がもつれて言葉が続かない。

落ち着けと辰蔵に声をかけてから、虎龍は少し間を取り、

「まさかとは思うが、お咲の身になにかあったのか」

辰蔵は生唾を飲みこんでから、

「いいえ、お咲は無事でございます。お咲がとうとう口を開いたのです」

「なんだ、よかったではないか。てっきり、お咲の身になにかよからぬことが起きたのだとばかり思ったぞ」

ところが、辰蔵の顔は晴れない。それどころか、深刻さを増すばかりである。

「お咲は、自分が向坂先生を殺したと申すのです。わたしが刺した……と」

「なんだと」

今度は、虎龍が仰天する番であった。

薫の推理、いや、思いつきが的中したということか。

信じられない。あれほど慕っていた向坂に、お咲が殺意を抱くはずはないし、そもそも七つの幼子が大人を殺せるはずもなかろう。

「ともかく、お咲から話を聞こう」

昨日、虎龍が帰ってから、向坂の亡骸を御堂に移し、お通夜をとりおこなおうとした。ところが、お咲は御堂に寝かされた向坂のかたわらから離れようとせず、通夜をおこなうことにも反対し、辰蔵が準備をはじめたところ、激しく泣き叫んでしまった。

そしてとうとう、頑として通夜をさせなかったそうだ。

虎龍は、急いで御堂へと向かった。辰蔵も追いかけてくる。いつの間にか、空腹感はどこかに飛んでいってしまっていた。

御堂は周囲を濡《ぬ》れ縁《えん》がめぐり、観音開きの扉を備えていた。

辰蔵の父が観音菩薩を祀っていたそうで、辰蔵の代になり、奉公人や近所の者を招いて宴を催す場になったという。なるほど、裏手には竹林や田畑が広がり、春には桜、秋には紅葉を愛でることができそうだ。

御堂の中では辰蔵が言うとおり、お咲が向坂の亡骸のそばに座っていた。こちらに目を向けようともしない。

「お咲」

辰蔵が、まるで腫物にでも触るような様子で声をかけた。お咲は顔をあげたが、無言である。

虎龍は努めてにこやかにして、お咲の前に座った。

「お咲、向坂先生を刺したのか」

虎龍の問いかけに、お咲はしっかりと首を縦に振った。

たちまちにして辰蔵が、

「嘘だろう。おまえ、向坂先生がお亡くなりになられて、気が動転しているのだろう」

と、訴えかけるように言ったのだが、

「あたいが刺したの」

はっきりと、お咲は認めた。

辰蔵は天を仰いで絶句した。

こんな幼子が、大の男を刺したというのか。

「どうして、向坂先生を刺したのだ」

虎龍がわけを尋ねると、お咲は黙りこんでしまった。

「どうしてだ」

問いを重ねたが、お咲は口を閉ざして開こうとしない。

たまりかねたように辰蔵が、

「お咲、答えなさい。どうして向坂先生を殺したんだい」

すると、お咲は辰蔵を睨みつけて、

「先生は死んでない」

辰蔵は途方に暮れたような顔を、虎龍に向けてくる。お咲はふたたび、貝のように口を閉ざしてしまった。

「死んでいない、と思いたいのだろう」

虎龍が言うと、辰蔵は力なくうなずいた。もう少し時が経てば、お咲の気持ちも解れるかもしれない。

「お咲、よく話してくれたな」

虎龍は言うと立ちあがり、辰蔵と離れ家から外に出た。

「どうすればよいのでしょう。お咲を御奉行所に連れていくべきとは存じますが。もちろん、親たる手前どもの責任でございます。お咲が向坂先生を殺めたのだとしたら、手前が罰を受けます」

辰蔵は覚悟を決めたように言った。

「いや、奉行所に行くのは、もう少し待ってはどうだ。お咲が向坂殿の死を受け入れ、気がたしかになってから、あらためて話を聞いてやってほしい」

「お言葉、痛み入りますが、向坂先生が亡くなったことを、いつになったら受け入れるやら……」

ため息混じりに返す辰蔵を励まそうと身を乗りだしたところで、懐に入れた小判の重みを感じた。

「そういえば、向坂殿が奉公しておった諫早藩の留守居役・大木殿から、供養料をいただいたのだ。まずは、向坂殿の葬儀を出すのがよかろう」

袱紗包みを取りだしつつ、虎龍は提案してみた。

辰蔵は深くうなずき、

「そうですね。向坂先生をこのままにはできません」

「お咲も、葬儀がおこなわれ、墓ができれば、向坂殿が亡くなったことを自然と受け入れよう」

「おっしゃるとおりですね。そうだ、向坂先生の持ち物を整理したのです」

辰蔵は御堂を出て、母屋のほうへ歩いていく。

今日は無人であった。

無人の待合を突っきると、診察室に入った。書物が整理してある。

「先生の持ち物と申しましても、やはり書物ばかりでございます。これこのように、阿蘭陀《おらんだ》文字で記された書物もございます。手前どもには、なんのことやらさっぱりわかりませんが」

自分とてわかるはずはない。分厚い書物に書かれた、細かい阿蘭陀文字を見ているだけで、頭が痛くなりそうだ。

「この書物でございますが、結城さまとお知りあいの白川さまに、と書いてあったのです」

向坂は薫に、この書物を贈ろうとしていたようだ。のぞきこむと、どうやら医術の書物らしい。胸の部分が詳細に記されている。ひょっとして、労咳についての記述があるのではないか。

「わかった。白川殿に持っていってやろう」

虎龍が請け負うと、辰蔵は礼を言い、

「これ以外にもあるかもしれませんので、もう一度確かめてから、残りの書物があれば届けさせます」

「わかった。よろしく頼む」

虎龍は分厚い書物を風呂敷に包み、向島の寮をあとにした。

九

藩邸に戻るころには、昼七つ（午後四時）をまわっており、少し肌寒くなっていた。

寺社奉行用部屋で、薫は寝間着にどてらを重ね、火鉢にあたっていた。

「すまんな、こんな格好で」

「気になさるな」

畳に風呂敷包を置くと薫と向きあい、虎龍も手を炙《あぶ》った。かじかんでいた手のひらが赤らみ、心地よく解れた。それから、風呂敷包を解いて、

「向坂殿から薫殿に、だそうですぞ」

薫は受け取ると書物を開き、じっと見入った。

「向坂殿、麻呂のことを気にかけてくれていたのやな。ありがたい。ああ、なるほど、労咳について記してあるようや」

薫は喜んだ。やはり医学書だったようだ。

そのままぱらぱらと、薫は読み進める。しかし、薫とて蘭学を習得しているわけではないので、ほとんど理解はできないだろう。

「じつは、お咲が向坂殿を刺したと告白したのです」

虎龍は短く告げた。

「そうか……」

驚くこともなく返したが、薫は医学書から顔をあげた。

次いで、

「お咲はどうして向坂殿の亡骸から離れようとしないか、わかったのかいな」

「向坂殿の死を受け入れられないからじゃないですかな。お咲は、向坂殿が死んでいないと言っていたのですよ」

「死を受け入れられない……」

薫は眉間に皺を刻み、思案をはじめた。

そこへ一平がやってきて、蓬莱屋辰蔵が来た、と告げた。

通すように命じると、辰蔵は手代《てだい》を従えていて、大きな風呂敷包を背負わせていた。残りの書物を持参したようだ。

「よいのか、お咲を残して」

虎龍の心配をよそに、

「店の者に日配りするよう頼んできましたから、大丈夫です。それで、ぜひお見せしたい書付が出てきたのです。残る書物と一緒に、持ってまいりました」

辰蔵は手代から風呂敷包を受け取ると、先に帰らせた。

辰蔵が薫と挨拶をしている間に、虎龍は風呂敷包を広げてみる。

「蘭学書ばかりだな」

虎龍の言葉を受け、辰蔵はしみじみと言った。

「結城さまと白川さまにお見せしてから、おふたりが不要なものは、向坂先生の棺桶に入れ、一緒に荼毘《だび》に付そうと思っておるのです」

「ほんなら、何冊かいただくか」

薫が本に手を伸ばそうとしたところで、

「お好きなだけ、お取りください。ですが、ぜひ書付を先に、ご覧になっていただけますか。向坂先生の遺書と思われるのですが……」

おずおずと辰蔵は、一通の書付を差しだした。

「遺書だと……」

虎龍は薫を見返した。薫は無表情で口を閉ざしている。

遺書があるということは、もしや覚悟のうえでの自死なのか……。

薫から辰蔵に視線を移すと、娘の無実に安堵していると思いきや、意外にも顔を曇らせていた。

「己で背に刃物を立てた術はわからぬが、これで、お咲の無実があきらかになるのではないか」

「それが……書いてあるのは至極、簡単なことでございまして、遺書と呼べるかどうか……」

辰蔵の声がしぼんでゆく。それでも書付に視線を落とし、

「遺書は手前に宛てて書かれておりまして、主《あるじ》、許してほしい、というのです」

「主、許してほしい、か。主はそなたを指しているのだろう。だが、向坂殿はそなたから感謝されこそすれ、逆に謝らなければならないことなど、あるのか」

虎龍の疑問に、辰蔵はかぶりを振った。

「むしろ謝らなければならないのは、手前のほうでございます。朝から晩まで、お咲が先生にべったりとくっついてしまって。さぞや煩わしいと思われたのではないでしょうか。感謝しこそすれ、迷惑などと思ったことはございません。先日もお話しいたしましたが、病弱なお咲が達者に育つよう、子安観音像まで彫って

くださったのです」

「……待て、お咲は向坂殿を刺したと言い、向坂殿は辰蔵殿に謝っている。もしかして向坂殿は、お咲によからぬことを……」

薫は考えを述べたてたが、あまりにも不穏な内容とあって、言葉尻が曖昧に濁った。それでも、薫の言いたいことはわかった。

即座に、

「それはないでしょう。嫌な目に遭ったのなら、向坂殿の亡骸近くに座り続けることなどしない」

虎龍は薫の推量を否定し、辰蔵も虎龍に賛同するように強く首を振った。

「向坂先生が、お咲に悪戯などするものですか」

「それもそうや……すまぬ」

さすがに自分の過ちを認め、薫は向坂の蔵書を、ごそごそとひっくり返しはじめた。

虎龍も本の山から、ひときわ分厚い書物を取りだすと、しげしげと見つめ、

「そういうことか」

と、ひとり合点したようにつぶやいた。

それから、

「手彫りの子安観音像……やはり、間違いないな」

虎龍の目が光を放つ。

「なんや、どうかしたんかいな」

そこでようやく、薫は虎龍の異変に気づいた。

「これです」

虎龍が分厚い書物を示した。

しかし、阿蘭陀文字がびっしりと並んでいて、さっぱりわからない。

だがその表紙には、眩しさを感じさせるほど、黒地にくっきりと磔柱《はりつけばしら》が刻印され、金色の輝きを放っている。

「金の磔柱やな」

薫が訝しむと、

「キリシタンの経典です。バイブルと呼ばれているそうですな」

虎龍は教えた。

寺社奉行の役目柄、宗門改《しゅうもんあらため》のことも知っている。隠れキリシタン摘発のため、キリスト教の教義を学んだこともあった。役目に加え、キリスト教ではあの世をどのように考えているのかという興味もあって、虎龍は必死に勉強したのだ。

「バイブル……」

薫には耳慣れない言葉とあってか、口の中でもごもごと繰り返した。辰蔵の目が、驚愕に彩られる。

「おそらく……向坂殿はキリシタンであったのでしょう。手彫りの子安観音像、お咲がすくすく育つことの願掛けと同時に、隠れキリシタンが信仰する仏像ですな。仏像というのは正確ではないが、隠れキリシタンは子安観音に、キリスト教の神、イエス・キリストの母マリアを重ねて、信仰しているそうですぞ」

虎龍は机上の子安観音像に両手を合わせるお咲の姿と、お咲が持っていた絵双紙のことを思いだした。

厩で生まれた聖徳太子の前で、ぬかずく高僧の三人……。

向坂の書棚から黙って借りていった、とお咲は言っていたが、あのとき、向坂は妙に戸惑っていなかったか。

「聖徳太子誕生の逸話は、キリスト教にも似たものがあります」

虎龍は、向坂の診療所でお咲が読んでいた絵双紙のことを話した。

「イエス・キリスト誕生を重ねて描かれたものだと思われますな。イエス・キリストも、厩で生まれたと伝わっている。その際、東方から三人の賢者が祝いに駆けつけたのだそうですぞ。向坂殿が諫早藩から出奔《しゅっぽん》したのは、隠れキリシタンであったことが関係しているに違いない」

隠れキリシタンはその通称のとおり、潜伏して信仰を続けている。

ひとつの集落が丸ごと隠れキリシタンということはなく、隠れキリシタン以外の百姓たちと、混在して暮らしている。村の集会や祭りにも参加し、農作業を怠るということもなかった。

したがって、各藩も無理に摘発しようとはしない。摘発に動く場合は、目にあまる反逆行為があったり、幕府から命令があった場合だけだ。

幕府とて、無闇と摘発しないが、時に見せしめのためにおこなうことがある。

とりわけ長崎奉行所から九州の大名に、隠れキリシタン取り締まりの徹底が通達されることがままあった。

「向坂殿の書付を畳の上に広げてくれ。実物を見たいのだ」

虎龍に頼まれ、辰蔵は書付を畳の上に広げる。

「主、許してほしい……この主というのは、蓬萊屋の主人のそなたのことではない。キリシタンが崇める神、イエス・キリストのことを指すのだ。キリシタンたちは、イエス・キリストのことを主と呼びかけるのだそうですよ」

虎龍の説明に、薫が困惑を見せる。

「すると、向坂はイエス・キリストとやらに詫びていたのか。なぜや」

虎龍も思案に暮れていると、

「これ、ひょっとして関係があるのでしょうか」

おずおずと辰蔵は、一枚の読売を差しだした。

さきごろ殉教《じゅんきょう》した、隠れキリシタンに関する記事が書かれている。ここに来る途中、日本橋の高札場《こうさつば》で売っていたそうだ。

読売には、磔にされたキリシタンたちが毒々しく絵に描かれ、長崎奉行が三十二人の隠れキリシタンを摘発し、拷問にかけたことが記してあった。拷問により改宗する者はいなかったため、三十二人すべてが磔に処せられたのだという。

寺社奉行である虎龍は、長崎奉行から、その一件に関する報告を受けていた。ひどいものだ。

虎龍自身、キリシタンの信仰自体は理解できないが、拷問されようが磔に処せられようが、己を曲げない信念には感心する。

虎龍は静かに口を開いた。

「長崎は諫早とは目と鼻の先、諫早藩の者から隠れキリシタンの殉教を聞き、向坂殿は衝撃を受けたのでしょう。諫早藩邸で留守居役の大木殿と面談した際、向坂殿の供養料をもらった。そのとき、向坂殿の宗派を聞いたのです。大木殿は、どこか曖昧な様子だった。きっと、大木殿も知っていたのでしょう。向坂殿が隠れキリシタンであったことを」

虎龍の考えに、薫は首を縦に振った。

向坂が隠れキリシタンであろうと、領民の暮らしぶりに心を砕いていたことはたしかだ。飢饉《ききん》に瀕《ひん》した領民のために身命を賭して領主に直訴したことも、また事実である。だからこそ、大木も向坂の信仰を表沙汰にはしなかった。

「向坂の死は、事実上の自害であったとして……」

あらためてそう結論づけた虎龍は、首をひねり、

「おかしい……キリシタンは自害することが許されないはず……だから、主に対して許してほしいと言い残したのか。だが、刺されたのは背中……」

と、自分の考えを否定しかけ、さらに思案をめぐらしながら続けた。

「もしやすると、向坂はお咲に頼んだ……しかし、いくら敬慕《けいぼ》する向坂の頼みとはいえ、お咲が向坂を刺すものかな。七つの幼子でも、刃物で刺せば向坂が死ん

でしまうことくらいはわかっているだろうに。加えて、そもそもなぜ向坂は、自害しようとしたのでしょうな」

結局、向坂の死の原因は明確にはならない。

「もし、それが本当であれば、お咲はきっと心に深い傷を残し、立ち直れないのではないでしょうか」

辰蔵は深く嘆いた。

「ひどいなあ……もし幼ない子どもに自害を手伝わせたのなら、向坂殿はなんと残酷なことをしたんや」

薫の声も震える。

向坂は大勢の患者の病を治しながら、ひとりの少女の心に、一生残る深手を負わしてしまったのだろうか。

「いったい、どうすれば」

肩を落とした辰蔵は、言葉を詰まらせた。

薫はいつもの冷めた様子ではなく、深刻な表情で思い悩んでいるかのようだ。

そのとき、虎龍の脳裏に閃《ひらめ》くものがあった。

が、それは単なる思いつきだ。

「お咲は術にかけられているのでは……」

思いつきゆえ、曖昧な言葉しか口にできない。

「虎龍さん、なにを言うてるのかわからんわ」

薫が苦笑すると、

「お咲の呪縛《じゅばく》を解きにいってきます」

突如立ちあがった虎龍を、薫は唖然と見送ることしかできなかった。

十

そろそろ夕闇が迫ろうとするなか、虎龍と一平は、辰蔵とともに診療所の御堂に戻った。

相変わらず亡骸の横に座るお咲に、向坂を荼毘に付す、と辰蔵が告げる。

すると、

「駄目、駄目！」

お咲は激しく抗《あらが》った。

「このままじゃ、先生は極楽に行けないよ。成仏できないんだ。だから、みんなで野辺《のべ》の送りをしてさしあげなくてはな。お咲、わかるだろう」

「いや、先生を燃やしちゃいや」

「お骨の一部は骨壺に入れて、ご位牌と一緒にするんだよ。すべてなくなるわけじゃないんだ」

「燃やしちゃいけないの」

頑として聞き入れないお咲に、今度は虎龍が優しく諭した。

「向坂殿のお墓を建てるのだ。お墓参りをするたびに、お咲が大きくなってゆく姿を見てもらえるだろう。それには、きちんとお葬式を出して、向坂殿には骨になってもらわなければならない。亡骸は腐ってしまうからな。向坂殿の優しげな顔が、醜く腐れ果ててもよいのか。ふた目と見られぬ姿となって、冥土に旅立たせてよいのか……お咲、わかるだろう。向坂殿は、冥土への旅の途中だ。もう、この世に引き返すことはないのだぞ」

ところがお咲は、納得するどころか泣きだした。

父親の辰蔵は、声をかけることもできない。

虎龍は、お咲の泣くに任せた。一平もどうすればいいかわからないようで、おろおろしながら成り行きを見守っている。

やがて涙をすすりあげ、お咲は言った。

「お墓なんか作ったら、先生は出てこられないよお」

一平と辰蔵は、ぽかんとした。

だが、虎龍は冷めた口調で言葉を発した。

「やはりな……」

「やはり、とおっしゃいますと」

首を傾げ、辰蔵は問い返してきた。

「お咲は、向坂殿が生き返るのを待っているのだ」

大真面目に答える虎龍に、

「ええっ……そんな馬鹿な。向坂先生は亡くなったのですよ。そのことはお咲だってわかっていると思います。亡くなった者が生き返るはずはありません。それとも、向坂先生の幽霊が出るのを待っているのですか」

理解できないとばかりに、辰蔵は眉間に皺を刻んだ。無理もない。一平とて虎龍がなにを言いだしたのかと訝しんでいる。

そんなふたりに虎龍は、

「キリシタンの神、イエス・キリストは、磔にかけられ死んだ。そして、死んでうだった。
「死んだのに生き返ったのでございますか」
思わず一平は半身を乗りだし、聞き返す。辰蔵も一平と同様、困惑しているよ

「死んだのに生き返ったのでございますか」

三日後に生き返ったのだ」

「わたしもよくは知らぬのだがな。イエス・キリストは処刑されて三日後に生き返ったというのが、キリシタンに伝わる教えだそうだ。向坂殿は、イエス・キリストが死んで三日後に生き返ったことを、お咲に教えたのだろう。そして、自害ができないキリシタンである自分を、お咲に殺させる口実にした。自分は死んでも、三日後に生き返ると。絵双紙好き、物語好きのお咲は、向坂殿が語る死とよみがえりの話に興味津々となった。そして、お咲にとって、向坂陽介は神だった。きっと向坂殿も生き返ると信じて、亡骸の番をしているのだよ」

虎龍の説明を、一平も辰蔵も口をあんぐりと開けて聞いていたが、ふと、お咲が泣きやんでいることに気づいた。

風呂に入るどころか顔も洗っていないお咲の顔は垢じみていて、涙が筋となって残っている。両目をしっかりと見開き、亡骸を見つめていた。

祈るような眼差しは、虎龍が語ったように、向坂が生き返ることを念じている

ようだった。血走った目が、悲壮感を漂わせてもいる。

辰蔵によると、ときおりうたた寝はしていたものの、お咲はほとんど睡眠をとっていないらしい。うつらうつらと舟を漕《こ》ぐお咲を寝かしつけようとしたが、身体に触れたところで目を覚まし、決して枕元から動かなかったという。

「お咲自身に、向坂殿が生き返らないことを納得させるべきだ」

力強く虎龍は言った。

向坂が亡くなったのは十四日。

明日十七日の朝、向坂殿が亡くなって三日経った朝になったときに、お咲はどう感じるだろうか。

「お咲と、朝まで一緒にいるよ」

虎龍の声に、はっとして一平もうなずく。

虎龍はお咲を見つめた。心なしか表情がやわらかくなっている。辰蔵も、一緒に朝を迎えると申し出た。

虎龍と一平、それに辰蔵は、お咲を見守った。

お咲は相変わらず向坂に視線を注いだまま、木像にでもなったかのように動かない。

時はゆっくりと過ぎ、火鉢にかけられた鉄瓶の湯が茹《う》だる音が、静寂を際立たせている。鉄瓶から立ちのぼる湯気を見ているうちに、睡魔が襲ってくる。すでに辰蔵は船を漕ぎはじめていた。心労が重なったのだろう。声をかけず、そのままにしておいた。

虎龍は、まんじりともせずお咲を見守っている。その横顔は引きしまっているが、目元はやわらかだ。苦悩のなかにいるひとりの少女を救おうと、決意と慈愛が感じられた。

そんな虎龍やお咲の憐れな姿を目のあたりにし、一平も寝てはならじと自分の頬をつねったり、叩いたりしている。それでも、睡魔に耐えきれず、外の空気を吸おうと立ちあがって御堂を出た。

夜風は艶めいていて、場違いに過ぎゆく春の風情を醸しだしていた。霞《かすみ》がかった夜空には、十六夜の月がくっきりと浮かび、雲がゆっくりと動いている。

一平が背筋を伸ばし、腰を拳で叩いたところで、異変を感じた。

数人の人影がうごめいている。

腰に大小を帯びた侍たちである。侍たちは、診療所の様子をうかがっていた。

虎龍も気がついたようで、一平を従え、侍たちの前に近づいていった。

途端に、侍たちは浮足立つ。

「何者だ」

虎龍の問いかけに、侍たちは顔を見あわせていたが、ひとりが抜刀《ばっとう》したのを機に、みなが大刀《たち》を抜いた。

十一

「ほう、やるのか」

虎龍は、羽織と小袖を脱いだ。

白地に極彩色で描かれた虎と龍が現れる。虎龍の意外な行動に、侍たちは息をのみ、動きを止めた。

侍たちを見まわし、虎龍は左の親指で大刀の鯉口《こいぐち》を切った。侍たちが横に広がり、虎龍を囲む。

「ひとり、ふたり、三人、四人……全部で六人か。いいだろう」

敵の人数を数えてから大刀を抜くと、八双《はっそう》に構えた。虎龍は腰を落とすと雪駄を脱ぎ、素足で地べたに立つ。両足で、凍てついた土を踏みしめる。凍土《とうど》が、きよっ、と鳴る。

まるで獲物を前に、爪を研ぐ虎のようだ。

次に、

「結城無手勝流《むてかつりゅう》、虎の剣！」

と、大音声を発した。

侍たちの耳には虎の咆哮《ほうこう》に聞こえ、あたかも小袖に描かれた虎が襲いかかってくるようだった。

まったくの我流剣法である。

獰猛《どうもう》な虎のような虎龍に敵はたじろいだが、勇《ゆう》を振るって真ん中のふたりが斬りこんできた。

「たあ！」

ふたりを弾き飛ばすように大音声を発し、峰を返すや袈裟懸《けさが》けに振りおろす。

夜風がびゅんと鳴り、敵の首筋に峰打ちが決まった。敵は膝から崩れる。

間髪いれず、逆袈裟ですりあげる。今度はもうひとりの脇腹を峰打ちにした。

あばら骨にぶつかった感触を、手首に感じる。

虎龍は、地べたを這うふたりを飛び越えた。

全身に血潮が駆けめぐり、天にのぼるような高揚感を抱きながら、四人に斬りこむ。四人はすっかりと浮足立ち、腰が引けていた。

ふたりを峰打ちに仕留めたところで、

「そこまでじゃ。おまえらの敵うご仁ではない」

夜陰から声がかかった。

聞き覚えのある声だ。月明かりに照らされながら近づいてきたのは、肥前諫早藩の江戸留守居役・大木掃部である。

侍たちは大木を見て、ばつが悪そうにうなだれた。大木は侍たちに刀をおさめるよう命じた。どうやら侍たちは、諫早藩の藩士のようだ。

虎龍も納刀《のうとう》し、大木に対した。

大木は藩士たちの無礼を詫びてから、

「もう気づいておられるようですが、向坂陽介はキリシタンでした。この者たちは、向坂が隠れキリシタンであったことが表沙汰になることを恐れ、証《あかし》となる書物を奪い去ろうとやってきたのです。拙者は、向坂のことはそっとしておけ、もはや当家とはかかわりがない、と止めたのですが、この者たちは得心がいかなかったようでござります。拙者の力不足です」

大木は地べたに座し、両手をついた。藩士たちも大木に倣《なら》い、平伏《へいふく》する。

虎龍は、みなに立つよう声をかけた。躊躇う大木たちに、さらに一平が腰をあげるよう、うながした。大木が立ったところで、

「ひとつ教えてくだされ。向坂殿は、なぜみずからの命を絶ったのですか」

虎龍は問いかけた。

「大和守さまに申しました……向坂が領民の窮状《きゆうじよう》を救うべく、殿に直訴したと」

神妙な面持ちで、大木は答えた。

「直訴によって年貢は減免され、お救い小屋が設けられたのでしたな。向坂殿は直訴の責任をとり、御家を去った」

「向坂の直訴が受け入れられたのには、大きな理由がございました。それは、領内にひそむ隠れキリシタンを教えることだったのです」

大木は唇を噛んだ。

向坂は、隠れキリシタンたちを諫早藩に売ったことになる。もちろん、向坂のことだ。さぞや苦渋の決断であったに違いない。領民の苦境を救うため、胸が張り裂ける思いでキリシタンの名を教えたのだろう。

大木は続けた。

「向坂には、キリシタンたちには手を出さない。ただ、監視するだけだと申しました。向坂はその言葉を信じ、名前を藩に届けたのでござります。藩もことさらキリシタンたちを摘発するようなことはしなかった。ところが、風向きが変わったのです」

今年になり、幕府は海防《かいぼう》の一環として、隠れキリシタンの取り締まりを強化するよう求めてきたという。肥前は島原の一揆が起きたこともあり、戦国の世以来キリシタン信徒が多いことで、長崎奉行を通じ厳しく申し渡されたのだった。

諫早藩は幕命を恐れ、領内にひそむ隠れキリシタンを摘発し、長崎奉行に引きわたした。そのことを聞いた向坂は、衝撃を受けたという。

患者たちの証言を思いだした。諫早藩の藩士らしき侍が向坂を訪ねてきてから、向坂は様子がおかしくなったと。

「事情はわかりました」

虎龍は言った。

「大和守さま、向坂がキリシタンであったこと、見すごしていただけますか」

大木は、諫早藩に危害が及ぶことを恐れている。

「申したように、今回の一件、寺社奉行としてではなく結城虎龍、私人として探索をおこなっております」

虎龍が答えると、大木は深々と頭をさげ、諫早藩の藩士たちを率いて去っていった。

虎龍は脱ぎ捨てた小袖と羽織を身に着け、雪駄を穿くと御堂に戻った。

あわてて一平も追いかける。


さすがに、お咲は疲れ果てていたのだろう。背中を板壁に寄りかからせて、寝息を立てていた。辰蔵も座ったまま寝入っていた。

足音を忍ばせてお咲に近づくと、虎龍は羽織を脱ぎ、かけてあげた。

羽織が大きすぎて、お咲の身体はすっぽりと包まれている。すやすやとした寝顔があどけない。見入っていると、口がもごもごと動いた。

耳をすませると、「先生」と向坂を呼んでいた。両眼は閉じられたままだが、表情はゆるんでいた。夢の中で、向坂と遊んでいるのだろう。

虎龍はそっとお咲から離れて、腰を落ちつけた。じりじりとした時が過ぎ、蔀《しとみ》戸《ど》から朝日が差してきた。

はっとしたように、お咲が目覚めた。羽織をのけ、あわてて向坂の枕元に膝で

進む。向坂をのぞきこみ、

「先生、おはよう」

と、呼びかけた。

だが、向坂が答えるはずもない。それでもお咲は、おはよう、と声をかけ続ける。次第に、声音に焦りと不安が混じる。

ついには、

「先生、起きて、ねえ、起きて」

お咲は両手で、向坂の亡骸を揺さぶった。

はっとして、辰蔵が目を覚ました。向坂の亡骸に取りすがるお咲に、たじろぎつつ止めようとする。そんな辰蔵を、虎龍は制して、

「お咲、向坂殿は起きないよ。あの世へと旅立たれたんだからね。あの世からこの世には、帰ってこられないのだ」

優しい声音ながら、はっきりと教えた。

「嘘、先生、生き返るって言ったんだもん。先生が嘘吐くはずないもの」

声のかぎり叫びたてるお咲を、虎龍は直視できない。やおら、虎龍は立ちあがると、お咲の背後にまわって、向坂の身体を揺さぶり続ける手をつかんだ。

お咲は虎龍を振り返る。

「安らかな眠りについている向坂殿を、邪魔してはいけないよ。わかるね」

淡々とした物言いで告げると、虎龍はつかんだ手を離した。

お咲はうなだれ、嗚咽《おえつ》を漏らす。

虎龍と一平は言葉をかけることもなく、お咲の悲しみに付き合った。辰蔵は息をのみ、お咲を見守っている。

やがて、泣き声がやんだ。泣き疲れたお咲は、向坂の亡骸に向き直った。次いで、亡骸に向かって紅葉のような手を合わせた。

辰蔵も安堵の表情となり、向坂の亡骸に合掌した。

朝日に照らされた向坂の死顔は、あたかも微笑んでいるようだった。

神でもない人が、死からよみがえることなどないのだが、虎龍には向坂の魂が、なぜか一瞬、体内に戻ってきたような気がした。

自分の死を受け入れたお咲に、別れを告げに帰ってきたようだった。

その後、向坂の死は南町奉行に報告され、扱いは評定所で協議された。

向坂の善行、お咲の将来が考慮され、向坂は自害したということで処理となった。キリシタンは自害しない。したがって、自害した向坂陽介はキリシタンではない、ということだ。都合のいい解釈だが、これでいいと虎龍は思っている。

事件は解決したが、案じられるのはお咲のことだ。

お咲は向坂の死を受け入れると同時に、自分の手で向坂を殺めてしまったという苦しみを背負った。

幼子には酷すぎる苦しみを背負わせた向坂陽介は、果たして善人だったのだろうか。

町奉行所から礼金を出すと言われたが受け取る気にはなれず、固辞した。

イエス・キリストは刑死してから三日後によみがえったそうだ。神だからこそ、生き返ったのだろう。

もちろん、人である百合が生き返ることはない。だが、幽霊になら……一度だけ、一瞬でいいから、目の前に現れてほしい。

青空が霞んでいるのは、春ゆえの霞み空だからではない。涙が滲んで、どうしようもないのだ。敬愛する向坂の死に、心ならずも加担してしまったお咲の行く末を思うと、憐れでならない。

すると、薫が姿を見せた。

あわてて虎龍は指で涙を拭う。

薫の顔は、労咳病みとは思えない明るさだった。

「薫殿、だいぶお加減がよろしいようですな」

虎龍が語りかけると、

「いや、それが……まいった」

薫は扇子を閉じたまま、自分の額を叩いた。

おやっとした顔で見返すと、

「咽喉《いんこう》や」

と、薫はばつが悪そうに言った。

虎龍は無言のまま、話の続きをうながした。

「咳が激しくて咽喉が切れて、血が出たのや。これまでにも何度か、そんなことがあった。向坂さんの薬が効いて咳が止まったら、血が出んようになった。気分も楽になってわかったのや」

要するに、薫の早合点……心配性な一面が、自分を労咳だと決めつけていたのだった。

「それは幸いでしたな」

そう声をかけたものの、これで薫がもとどおりの奔放さを発揮すると思うと、いささか心配にもなった。それでも、元気に越したことはない。

気が癒されれば人は元気になり、生きることの喜びを感じる。

お咲もきっと立ち直るだろう。向坂陽介の死を乗り越えるに違いない。

虎龍は、お咲の将来に幸あれ、と心から願った。

第三話　根岸壺屋敷

一

いま、藤島一平は、

「民情視察や」

という白川薫のわがままに付き合わされていた。

卯月となり、寒さひとしおだった弥生とは一変して、ぽかぽか陽気である。暦のうえでは初夏だが、長い冬が明けた春を迎えた気分である。

それゆえ、薫が江戸市中を出歩きたい気持ちはわかる。

芝増上寺《しばぞうじょうじ》周辺を徘徊し、三島町《みしまちょう》で軒を連ねる本屋をのぞいた。学問書や漢籍のほか、草双紙《くさぞうし》や錦絵《にしきえ》なども大量に買いこみ、それを風呂敷に包んで、一平が背負わされることになった。

日がな一日、散策したあと、目についた縄暖簾《なわのれん》に入った。酒も肴《さかな》も安い、庶民が肩を寄せあうざっかけない店である。

入れこみの座敷は八割ほどが埋まり、一平と薫以外は町人ばかりである。

わいわいがやがやと賑やかなことこのうえなく、みな、それぞれに楽しい宴を催している。

羽織、袴を着た武士の一平と、白い狩衣姿の薫は、目立つと言うより浮いていた。まさかこんなところに都のお公家さんがいるはずもなく、ときおり耳に入るやりとりでは、薫をどこかの神主だと思っているようだった。

酒は上方からの下り物ではなく、関東地まわりの安かろうまずかろうとあって、薫はぶつぶつと文句を言いたてた。それでも、酔いがまわるに連れて健啖ぶりを発揮し、一平をくさしながらも機嫌よく飲んでいた。

すると、

「おや、白川殿ではないか」

という野太い声が聞こえた。

声のするほうを見ると、男が立っている。

墨染の衣を身にまとい、髪はざんばら、顔中を無精髭が覆い、首から巨大な数珠をかけている。いかにも怪しげな生臭坊主《なまぐさぼうず》で、薫の知りあいとは思えない。

ところが、

「これは奇遇ですな」

薫は坊主を知っているようだ。

男は同席を願うような目つきである。薫は察していながら誘わないが、

「お誘いを受けないわけにはいきませぬな」

などと勝手に言いながら、坊主は一平の横にどっかと座り、薫と向かいあった。

よほど、ずうずうしいようだ。

「割り勘やで」

薫は釘を刺した。

坊主が一平を見やる。一平が自己紹介をし、薫に手助けしてもらっている、とだけ言い添えた。

「ほう、寺社奉行、結城大和守殿のご家来ですか。白川殿は結城殿を助けておられるのか。いや、たいしたものだ。わしは夢幻《むげん》と申す求道者《ぐどうしゃ》である」

と、名乗った。

「求道者……」

困惑して一平は首を傾げた。

すると、

「破戒僧《はかいそう》、つまり生臭坊主でござるよ」

髭まみれの顔を撫でて夢幻は言い添え、自分の履歴を語った。

もとは都にある浄土宗の総本山、知恩院《ちおんいん》の僧侶であったそうだが、浄土宗の教えに飽き足らず、この世の真理を求めようと二十歳で飛びだした。

その後、日本全国の寺社をめぐり、先々で問答を仕掛けた。やすやすと問答相手を論破し尽くしたため、清国《しんこく》や天竺《てんじく》にまでも渡ったのだという。

いかにも法螺吹きである。

夢幻はひとりでべらべらとしゃべり、薫はむっつり黙りこんで猪口《ちょこ》を傾けている。

話が一段落ついたのを見計らい、

「白川さまとは、都で知りあわれたのですか」

一平が問いかけると、

「知りあいではない」

薫が答えたのと同時に、

「わしの弟子であった」

夢幻は言いきった。

薫は不満げな顔で、夢幻を睨む。

夢幻は京都で私塾を開き、陰陽道を教えていたそうだ。そこに薫は弟子入りした、と夢幻は言い、薫はちょっと様子を見にのぞいただけだ、と否定した。

ふたりはまるで、水と油である。

「麻呂はな、この胡散くさい生臭坊主が、間違った教えを広めているのを耳にして塾に行ったのや」

薫は夢幻の私塾に乗りこみ、教えの出鱈目さを言いたてたそうだ。

「白川殿の助言は、おおいに役立った。いや、あらためて感謝いたす」

どういう神経をしているのか、夢幻はいけしゃあしゃあと返した。薫は顔をしかめ、そっぽを向いた。

さすがに鈍感な一平も、空気が悪くなったことに気づき、

「では、そろそろ」

と、びっしりと書籍と錦絵が包まれた風呂敷包を背負って立ちあがった。重くて腰が砕けそうになったが、薫と怪しげな生臭坊主を、これ以上酒の席に同席さ

せてはならないと、なんとか踏ん張った。

夢幻と遭遇して以来、薫はすっかり不機嫌になってしまった。

帰る道々も、饒舌な薫がひとことも口をきかなかった。

寺社奉行用部屋に入ると、

「どじ平さん、あんな怪しい男、野放しにしとく気ですか。はよ、お縄にしなはれ、頼むわ」

頼むと言い添えながら、薫は命令口調である。

「しかし、なにも罪を犯したわけではありませぬので」

馬鹿正直に一平が異をとなえると、

「捕まえれば、罪はいくらでも出てきます。叩けば埃どころか、土砂が出てくるような男なんやで」

薫は断言した。

「お言葉ですが、召し捕るには名目が必要です。どんな罪を犯したのか、それを名目にお縄にして、吟味を加えなければなりませぬ」

一平は鯱張《しゃちほこば》った物言いをしたが、茫洋とした平目のような顔のためか、いささか説得力に欠ける。

白けた顔をして、薫は鼻を鳴らした。

「ほんまに融通が利かんというか、鈍感な男やな」

「そう言われましても……」

要するに、薫の個人的な好き嫌いの問題ではないのか。

不満を一平はぐっとこらえる。いくら薫の頼みでも、個人的嫌悪で寺社役の役目を果たすわけにはいかない。どう考えても筋が通らないのだ。

「あんた、後悔するで」

薫は脅すように言ったあと、虚空《こくう》を見つめながら、

「夢幻はな、都でどえらい罪なことをやっておったのや」

と、前置きをしてから、夢幻の所業を語った。

それによると、夢幻は私塾で陰陽道にかこつけていいかげんな占いをおこない、それによって人々を惑わせた。

死相が表れている、天変地異が京都を襲う、などといったお告げで、恐れを抱いた人に、夢幻が発行する札を買わせたそうだ。

札は一分から十両まで何種類かあり、十両の札がもっとも効能があるらしい。

そうやって、金持ちから多額の金子を騙し取っていた。

「それだけやない。占いの結果、重い病に罹っていると偽り、娘たちに病退散の祈禱を施した。その祈禱が、じつに破廉恥なものやったんや。麻呂は奴の罪を暴きたて、京都町奉行所に捕縛するよう訴えた」

京都町奉行所は夢幻の捕縛に向かったが、すでに夢幻は逃げていた。

「役人のなかに、夢幻から袖の下をもらっていた者がおったのや」

手入れが夢幻に漏れたのだ、と薫は腹立たしそうに吐き捨てた。

なるほど、薫が夢幻を嫌悪しているわけはわかった。そんな罪を本当に犯していたのならば、寺社役として夢幻を捕縛はできる。しかし……。

ならばなぜ、縄暖簾で飲食していたときに教えてくれなかったのか。

「夢幻のことや、きっと江戸でも悪いことをしておるに決まっている。被害が出てからでは遅いのやで。被害が出たら、あんたのせいや」

自分の不手際は棚にあげ、薫は一平をあげつらった。

「わかりました。次に会った際は、捕縛も考えましょう」

ここは薫の機嫌を取り繕うために、承知しておこう。

「頼んだで」

「お任せください」

胸を張った一平を見て、薫は思わず失笑する。

「どないして夢幻を捕まえるのや。かならず次に会うともかぎらんやろ。あんた、夢幻の居所を知っているのかいな」

だからこそ、飲み屋で前もって教えてもらいたかったのだが……。

「ほんま、粗忽な男やな」

薫は扇子で、一平の額を打った。

「じゃあ、探しましょう」

額をさすりつつ、一平は言い繕った。

「簡単に言うな。この広い江戸で探しあてられるのかいな」

「特徴がありますから人相書を作り、町奉行所の手助けも借りればよいかと」

思いつくままを、一平は口にした。

「ま、おもしろくもおかしくもない策やけど、ええやろう」

薫らしく素直に褒めないまま、一応の納得はしたようだ。つくづく、気を遣うお公家さんである。

二

ところが、夢幻探索は、一平の手を煩わせることなく達成されてしまった。

翌二日の朝、人相書の手配をしようとしたところで、当の夢幻が訪ねてきたのだ。

当惑しつつも、薫にこのことを告げると、薫も面談の場に居合わせると言いだした。

「はよ、捕縛しなはれ」

「まあまあ、その前に吟味をしませんと。いや、その前に用向きを聞かないと」

一平が宥《なだ》めるように返すと、

「罪人の用件など聞くことないがな」

無茶な理屈を薫は言った。

「そうおっしゃらずに。用件を確かめてから、お縄にすればいいでしょう」

「ま、ええやろう」

不承不承、薫は承知したのだった。

御殿玄関脇の控えの間に夢幻を通し、やや遅れて、一平は薫とともに中に入っていった。

「自首しにきたのかいな。おまえのようなまがい者でも、年貢の納めどきを知っておるのは、せめてもの救いやな」

いきなり薫は罵声を浴びせた。

「自首なんぞではない」

胸を反らした夢幻を横目に、

「はよ、お縄にしなはれ」

薫は一平に命じた。

ふたたび一平は薫を宥めてから、

「夢幻殿、してご用向きは」

と、問いかけた。

「白川殿に挑みたいのだ」

そう言い放ち、夢幻は薫を睨んだ。

髭に埋まった顔にあって、両の目が異様な光を放つ。

「藪から棒に、なにを言いだすのや、身のほどを知れ、この生臭坊主めが」

右手をひらひらと振り、薫は鼻白んだ。

「まあ、お聞きなされ」

動ずることなく、夢幻は訴えかける。

「聞くまでもない。はよ、お縄にしなはれ」

「待て、逃げるのか」

知ってか知らずか、夢幻は、薫がもっとも嫌う侮辱の言葉を投げかけた。

「なんやて」

途端に薫の眼光がきつくなる。

「拙僧《せっそう》の挑戦を受けるか」

あらためて夢幻は問いかけた。

「逃げているのは、そっちやないか。京都町奉行所の追手を逃れ、江戸にたどりついたのやろう」

怒りを押し殺したまま、薫は罵声の言葉とともに投げかけた。それをいなすように、夢幻は首を左右に振った。

「祈禱の勝負ですぞ」

「……ほう」

「わしが呼びだす邪霊を、白川殿が退散させられるかのう」

そこで夢幻は薄笑いを浮かべた。

「あんたが邪霊を呼ぶ……なるほど、あんたの存在そのものが邪霊やわな」

いかにも薫らしい毒舌を吐いた。

「江戸でも変わりませぬな。いや、磨きがかかっておる。白川殿の毒舌……」

不快がるどころか、夢幻は余裕を見せるようにして喜んだ。

「そんなことより、邪霊を呼びだすゆうのは、どういうことなんや」

嫌悪感とは別に、薫も話には興味を抱いているようだ。

「さる商家の主人に頼まれた」

さっそく夢幻が語りだす。

それによると、邪霊の呼びだしは、根岸に寮を持つ骨董商、極楽屋金五郎《ごくらくやきんごろう》の依頼なのだという。

その金五郎、とにかく幽霊、怨霊《おんりょう》の類を、ひと目見てみたいのだという。そのためには、金に糸目をつけないのだとか。

「どうしてそこまでして……」

思わず一平が割りこんだ。

「金五郎は、この世の暮らしに飽きたらしい。金にも女にも商いにも、興味を失ったらしくてのう。残るはこの世のものではない存在……つまりは、幽霊や怨霊を見て楽しみたいらしい」

どうにも、夢幻の話はわからない。まずもって話が突飛すぎるし、そのまま信じるとしても、そんな酔狂《すいきょう》な人間が、果たしてこの世にいるのだろうか。

「よう、わかりませぬな」

一平が不満と疑念をそのまま示すと、

「金五郎に会えばわかる」

夢幻は言いきった。

「で、どないするのや」

薫の問いかけに、夢幻が堂々と答える。

「簡単なことだ。わしが金五郎殿の寮で、邪霊を呼びだす。白川殿は、その呼びだした霊を退散させるのだ」

だが、もし本当にその金五郎の依頼だとすれば、せっかく呼びだした邪霊とやらを、薫に退治させてしまってよいものだろうか。それとも、ひと目だけでも見てしまえば、あとは用済みということなのか。

一平の疑問をよそに、

「おもしろそうやな」

すっかりと薫は乗り気になっているようだ。

「この勝負、やりますな」

夢幻は、にやりとした。

「ああ、受ける」

「ならば、五日後の夕暮れ、根岸にある極楽屋の寮に来てもらいたい」

「よかろう」

夢幻の提案を、薫は受け入れてしまった。

ここで夢幻は一平を見て、

「寺社方の役人殿も、ご一緒なされよ」

「承知いたした」

薫ひとりにしてしまっては、なにが巻き起こるかわからぬ……しぶしぶと一平も応じた。

夢幻が出ていってから、一平は薫に言った。

「あんな怪しげな男の話に乗っていいのですか」

「挑まれたのや。逃げるわけにはいかん」

薫は意地になっているようだ。

「ですが……」

「あの男はな、麻呂に祈禱の勝負を挑んできたのや。絶対に逃げられんわ」

平安の世に活躍した陰陽師、安倍晴明を尊敬し、今晴明を自称する薫にしてみれば、祈禱で勝負を挑まれたからには逃げるわけにはいかないのだろう。

それにしても、夢幻の狙いはなんであろうか。

京都で犯した罪から逃れようとしての企みなのか。

それとも、薫への意趣返《いしゅがえ》しなのか。

そもそも、邪霊とは何者だ。幽霊や物の怪といったあやかしを信じない一平には、怪しげな陰謀が企てられているようにしか思えなかった。

虎龍は下城すると仏間に入り、仏壇の燈明《とうみょう》を灯した。

静かに、亡き妻の百合に語りかける。

線香を供えると、亡き妻百合の位牌に両手を合わせる。

朝と夕、虎龍は仏壇を前にして妻とやりとりを、いや、あの世の百合が答えてくれるはずもなく、ひとり語りをする。

今日あった出来事を話したところで、

「虎龍さん」

戸の向こうから、薫に呼ばれた。

虎龍は我に返り、薫を招き入れた。

「じつは、邪霊と戦うことになって」

仏間に入ってきた薫は、挨拶もそこそこに、決意を示すよう目を凝らした。

「藤島から報告を受けています。なんでも、骨董商が幽霊を見たがっているのだとか」

虎龍の言葉にも、

「邪霊と聞いて、見過ごすわけにはいきませんのでな」

いたって薫は大真面目である。

「霊……ですか」

感慨深そうに、虎龍は言った。

「亡き百合さんには会えましたか」

ちらりと仏壇に目をやりつつ、薫は気遣って聞いてきた。

「夢枕に立つことはありますが、わたしの前には一度として現れてくれません」

淡々と虎龍は述べたてた。

「そうですか。ですが、会いたいという虎龍さんの想いは、冥土《めいど》の百合さんに届いていますわ。それは間違いありませんよ」

薫らしからぬ優しい物言いである。

この毒気のある公家の意外な一面を見て、虎龍はほっとした。

「ところで、夢幻なる坊主の誘いに乗って、大丈夫なのですか」

虎龍が危惧を示すと、

「あいつの化けの皮をはがし、寺社方に突きだします」

当然のように、薫は言いたてた。

「ならば、わたしも行きましょう」

「それには及びません。夢幻とは都以来の因縁がありますから、麻呂の手で決着をつけます」

薫の静かな物言いが、かえって意思の固さを伝えている。

「わかりました。では口出しはしません。ただ、夢幻の罪状があきらかになったら、寺社奉行として吟味をおこない、裁きをいたします」

「そのときはよろしく頼みますわ。では、これで」

薫は、静かに闘志をかき立てているようだ。

そこへ、菊乃が入ってきた。

菊乃は虎龍と薫を見るなり、

「根岸の怨霊の祟りがあるんですって」

と、言った。

「根岸かいな」

途端に薫が興味を示す。

「そうなんです。根岸に幽霊が棲みついているんですって」

その幽霊は、武家に奉公する女中であったそうだ。女中は旗本の侍女であったが、殿さまの勘気を被り、無礼討ちにされたのだとか。なんでも、殿さまが大事にしていた壺を、掃除の際に割ってしまったのだという。

「それで、その壺が割れる音とともに、侍女の幽霊が出るそうですよ」

虎龍が苦笑を漏らし、

「それは、番町皿屋敷ではないか」

と、指摘をした。

「上方ではな、播州《ばんしゅう》皿屋敷として伝わっておるのや」

薫も言い添える。

「皿が壺になっただけでしょうけど、それでも本当に幽霊が出るんですってよ」

なおも菊乃は言い張り、続けて、

「ええと、たしか根岸の骨董商で……極楽屋さんの寮だって聞いてますけど」

思わず、虎龍と薫が顔を見あわせた。

「麻呂はそこで邪霊を退治するのや。ついでに、その怨霊も鎮めたるわ」

薫は胸を張った。

「まあ、それ本当ですか。さすがは安倍晴明以来の陰陽師ですわね」

菊乃は興味津々となっている。

「麻呂に二言はない」

「さすがは今晴明」

心から感心したように、菊乃は繰り返した。

「待てよ、もしかして夢幻の奴が呼びだす邪霊というのは、その侍女の怨霊というわけか。だったら、夢幻もろともいっぺんに退治できて都合がいいわ」

　薫は新たな闘志をかき立てられたようだ。

「どうしたんですか」

　すっかりと興味を抱いた様子の菊乃に、

「あまり、深入りしないほうがよい」

　虎龍がたしなめる。

「そうや、素人は手出したら、えらい目に遭う。やめなあかん」

　薫の忠告にも、菊乃は納得がいかないようで、小首を傾げた。

「えらい目というのは」

「怨霊に祟られるのや」

「それなら、怨霊に遭えるのでしょう。おもしろそうではありませんか」

　あっけらかんとした菊乃らしい理屈だ。

「やめときなはれ。そんな舐めたことを言うものやない」

「は、はい」

　薫の勢いに気圧されてか、菊乃は案外と素直に引きさがった。

　ひとまず虎龍は、ほっと安堵した。

三

七日の夕刻近く、一平と薫は、根岸にある極楽屋金五郎の寮にやってきた。

道すがら一平は、どこから仕入れてきたのか、薫からこの寮に伝わる侍女の怨霊について聞かされた。いかにも「番町皿屋敷」の焼き直しではないか、と一平は批難したくなったが、薫の手前、神妙な顔でいた。

寮に着くと、骨董商極楽屋の主、金五郎が出迎えてくれた。

金五郎は、意外にもまだ若かった。三十路なかばの働き盛り、実際、顔色はよく、小太りの身体は健康そうで、死とは無縁に見える。商人らしくやわらかな物腰で、はきはきとした口ぶりと相まって好感を抱ける。

寮はというと、武家屋敷であったこともあり、広々とした敷地に手入れの行き届いた庭、御殿風の建物が建っていた。ただ、門は武家風の長屋門ではなく、町人の寮にふさわしい木戸にしてある。また、塀も練り塀から黒板塀に改築したそうだ。

金五郎が案内に立ち、御殿風の母屋に向かう。

途中、古びた井戸があった。釣瓶《つるべ》がなく、現在は利用されていない枯井戸だ。

ここでも一平はつい、「番町皿屋敷」を思い浮かべてしまい、夜になったらお菊が現れて皿の数を数えだすのでは、と恐怖心を抱いた。

口では幽霊、妖怪の類などいないと言いながらも、幽霊を怖がる矛盾を、一平自身は気づいていない。

母屋の広間に入った。

すでに夢幻が来ている。夢幻は首から大きな数珠をぶらさげ、ぼうぼうの無精髭が、生臭坊主然とした容貌を際立たせていた。

夢幻のほかには、若い男がいた。金五郎が、手代の新之助《しんのすけ》だと紹介する。新之助は、役者のような顔立ちの若者であった。

次いで金五郎が、一平と薫を紹介する。

新之助は神妙な面持ちで挨拶をしたあと、

「旦那さまのため、怖い怨霊を退治してください」

新之助は訴えた。

「任せておけ」

胸を反らし、夢幻は請け負った。

だが、なんともおかしな話だった。そもそも夢幻は、自分が呼びだした邪霊を、薫に退治させるはずだったのではないか。

そこで、

「夢幻殿、ちと申されることが違うのではないですか。貴殿は邪霊、怨霊を呼びだすのでござろう」

と、一平が間違いを指摘した。

「ほほう、貴殿はわしが怨霊をただこの世に呼びだすだけだ、と思っているようだな。それは違うぞ」

夢幻は堂々と申し開きをした。

「ですが、夢幻殿は白川さまに勝負を挑まれたではないか」

一平はむきになって言いたてる。

しかし、夢幻はいささかも動揺せずに、

「勝負すると申した。それはな、わしが怨霊を誘いだし、誘いだした怨霊を白川殿が見事、退治できるか、ということだ。怨霊というのは、怨霊の意思のみで出没できる。逆に言えば、普通の人智では、おびきだせるものではないのじゃ。それを、わしの力でおびきだしてやる。しかるのちに、白川殿の祈禱で退散させてもらいたい。できなければ、わしが退治しよう。つまり、白川殿がしくじっても、わしが退散させるから安心しろ、と言いたいのじゃ」

　まこと都合のよい理屈を、夢幻は述べたてた。

「なんだか、ようわかりませぬな」

　一平は苦笑しながら、薫を見た。

　すると夢幻は、

「白川殿、ご不満か」

　と、問いかけた。

「麻呂はかまわん。いかなる怨霊であろうが、また、どのような現れかたをしようが、麻呂の祈禱で退治をしてやる」

　薫は自信満々に答えた。

　夢幻への反感から、このときばかりは一平も薫を頼もしく思った。

「ほほう、さすがは白川殿、期待をしておりますぞ」

　言葉とは裏腹に、夢幻は薫を見くだしているようだ。

　金五郎が新之助に、怨霊の棲《す》み処《か》に案内しなさい、と言いつけた。

「どうぞ」

新之助は腰をあげた。

「よし」

夢幻も勢いよく立つ。

対して、薫は余裕たっぷりに歩きだした。


新之助の案内で寮内をまわり、まずはさきほどの古井戸に至った。

「ここはかつて、旗本の宇都木《うつぎ》主水《もんど》さまのお屋敷でした。お聞きになられたと思いますが、そこである日、侍女のお松《まつ》が家宝の壺を割ってしまい、折檻《せっかん》されたあげく、宇都木さまによって手討ちにされました。そして、殺されたお松の亡骸は、この井戸に投げこまれたのだとか」

新之助の説明に、

「やはり、番町皿屋敷の真似ではないか」

一平がくさした。

新之助は気にすることなく、笑みを浮かべたままだ。

なおも一平は続けた。

「夜になると、お松は井戸から出てきて皿を……あ、いや、壺を数えるのか。壺の大きさにもよるが、皿にくらべて数えるのは大変だな。それとも、怨霊になったとあって、途方もない怪力ぶりを発揮できるのか」

皮肉たっぷりの一平の疑問を、

「そういうわけではありません」

いなすように新之助は言ってから、次へ行きます、と歩きだした。

一応、一平は井戸をのぞきこんでみる。釣瓶はなく、枯井戸である。静まり返った真っ暗な井戸は、幽霊を信じない一平でさえも、たしかにお松の怨霊が棲んでいるように感じられた。

そんなことを思っていると、薫たちは先に行ってしまった。

あわてて追いかける。

新之助を先頭に、庭にある小屋に入った。

十畳ばかりの板敷が広がり、その真ん中に太い柱がある。

「お松はこの柱に縛られて、殿さまの折檻《せっかん》を受けたのです」

気のせいか柱の周辺は黒ずんでおり、血痕《けっこん》のように見えた。

「こけおどしだな」

鼻で笑ったものの、恐怖心が湧きあがり、一平は歯が噛みあわない。

「お信じにならなくても、それは人それぞれでございます」

澄ました顔で、新之助は返した。

「おお、拙者は信じないぞ。少しも怖くはない」

強がる一平を、夢幻が鼻で笑う。

「いまのうちに、好き勝手言えばよい」

「ええ、拙者は怨霊など信じませんとも」

一平の語気が強まったところで、格子窓の隙間から夕風が吹きこんできた。早春とは思えない生暖かい風が、一平の頬にまとわりつく。

背筋がぞっとし、思わず跳びあがってしまった。

それに気づいた新之助であったが
「では、次に」

と、見ないふりをして小屋から出ようとした。

ところが、

「迷っておるのか」

不意に夢幻が、柱に向かって語りかけた。

新之助が歩みを止める。

一平が、なにをしているんだ、と近づこうとしたのを薫が制し、夢幻の所業をじっと見ていた。

夢幻は、右手を前方に翳した。

次いで、

「迷いを捨てよ」

真剣な眼差しで言いたてる。

いかにも芝居がかった態度を、一平は白けた目で見ていたが、薫は真顔で注視している。新之助も、夢幻の邪魔をしてはならじと隅で控えていた。

「迷いを断ちきれ！」

夢幻は一喝した。

すると、板壁を叩く音が響き渡った。

「ひえ～」

驚きの声をあげたのは、一平だけである。

静寂に包まれていただけに、板壁を叩く音と一平の悲鳴が耳をつんざいた。

たまらず一平は引き戸を開いて、外を見た。

夜の帳がおり、犬の遠吠えが聞こえるほかに、ひとけはない。月明かりが降りそそぎ、ほの白く浮かぶ庭は、どこか寂しげであった。

幾分か気持ちが落ち着いたところで、一平は小屋に戻った。

「外には誰もいません。すでに逃げ去ったあとでした」

一平が報告をすると、

「もともと誰もおらん」

「では、戸を叩いたのは誰だ。まさか、お松の怨霊だと言うのか」

「それ以外には考えられぬ」

当然のように夢幻は答えた。

「ほう……」

うまい具合に返せずにいると、

「お松の怨霊は、あの世とこの世の境を漂っておったが、わしの言葉で迷いを断ち、この世に出ようとしておったのだ。それで、我らを脅してやろうと戸を叩いたというわけだ」

もっともらしい顔で、夢幻は言いたてた。

「……そういうことなのですか」

不審げな顔つきで、一平が薫に問いかける。

「そういうことやな」

意外にも、薫はあっさりと認めた。

とはいえ、まやかしに思えてならない。きっと、なにか絡繰《からく》りがあるはずだ。

そんな一平の心中を察したように、

「まやかしでも絡繰りでも芝居でもないぞ。そのうち、そのことがよくわかる。貴殿の心胆を寒からしめるぞ」

夢幻の言葉に、一平は失笑した。

「そんな馬鹿な」

「馬鹿なのはどっちかな」

夢幻は、にんまりと笑った。

「ならば、そのお松の怨霊とやらを、白川さまが見事に退散させるでしょう。わたしはそう信じてます」

虚勢を張って、一平は答えた。

そのとき、

「殿さま～お許しを～」

どこからともなく、女の悲鳴にも似た声が聞こえた。

薫は部屋の中を見まわし、夢幻は泰然自若《たいぜんじじゃく》と立ち尽くしている。目の前の新之助は、口を半開きにしていた。

「だ、誰だ！」

一平が怒鳴ると、

「きゃあ〜」

絹を切り裂いたような悲鳴が響き渡った。

「ひ、ひええ〜」

ここに至り、一平は両手で耳を塞いで、しゃがみこんでしまった。全身が恐怖で震え、歯がカタカタと鳴った。

四

「どじ平、しっかりしなはれ。そんでも寺社役かいな」

薫に肩を強く叩かれ、一平はおずおずと立ちあがった。薄闇が広がる小屋の中には、女などいなかった。

「藤島殿、どうやらお松の怨霊を感じたようじゃな」

勝ち誇ったように、夢幻は語りかけてきた。

「そ、そんなことは……」

抗おうとしたが声が上ずり、言葉が出てこない。

「そんなことは……ないことはあるまい。恐がっておるということは、お松の怨霊を感じているということだ」

夢幻に指摘され、悔しいが一平はぐうの音も出なかった。

「よし、次だ」

夢幻がうながすと、新之助はすまし顔で案内に立った。

「こ、今度はなにを」

一平の問いかけに、

「行けばわかる」

素っ気なく夢幻は言った。

不安でたまらなくなり、薄笑いを浮かべている薫に、一平は小声で話しかけた。

「本当にお松の怨霊なのですか」

「そうや」

これまた薫も、取りつく島もない対応であった。

なんとも悔しくて歯軋《はぎし》りする思いの一平だったが、自分でも意識しないうちに、足が震えていた。やはり、身体が恐怖を抱いているのだった。

続いて新之助の案内で、一同は土蔵に入った。

「おお……」

一平は驚愕の声をあげる。

中には大きな台があり、青磁、白磁の壺が並んでいたのだ。

「これは……」

「みな、唐《から》渡りの逸品です」

にこやかに新之助が説明した。

「もしかして、なにかいわれのある壺なのか」

なおも一平が訊《き》くと、新之助は心もち声を低めた。

「殿さまの遺品です」

「殿さまというと……お松を殺した旗本の宇津木主水か」

つぶやくように返してから、

「まさか、そんなはずはあるまい」

　一平は、自分の言葉を否定した。折檻小屋で抱いた恐怖心がやや鎮まり、怨霊の存在を声高に言いたてる夢幻への反発心が募った。

　新之助に向かって、

「そもそも、お松の怨霊など、番町皿屋敷の焼き直しではないか。宇津木主水なる旗本も、実在したのかわからぬ。この壺も、いわれのある品ではあるまい」

　どうだとばかりに、一平は責めたてた。

　すると夢幻が嘲笑を放った。

「偉そうに言いながら、貴殿がいちばん怖がっておるのではないか」

「それは……」

　一平が口ごもったところで、
　ガシャーン！

　耳をつんざく音が聞こえた。

「ひえ～」

　思わず一平は跳びあがった。

　見まわすと、台から落下した壺が割れて、破片が飛び散っている。

「お松、粗相をするでない」

夢幻は虚空に向かって、叱責を加えた。

「本当にお松が割ったのか」

額に脂汗を滲ませ、一平はおそるおそる訊ねる。

「想像に任せる」

勿体ぶった回答をする夢幻に、一平はますます恐怖を募らせる。

「そんな……白川さま……どうなのでしょう」

すがるように問いかけると、薫は舌打ちをして、

「あれを見なはれ」

と、顎をしゃくった。

視線を向けると、新之助が割れた壺を片づけている。一平の視線に気づき、

「申しわけございません。着物の袖が引っかかってしまいまして……」

どうやら、新之助が割ってしまったようだ。

「旦那さまに怒られます……」

新之助には申しわけないが、お松の怨霊の仕業ではないと知り、ほっと胸を撫でおろす。と同時に、新之助への同情の念が湧いてきた。

「唐渡りの青磁の壺、さぞや値が張るのだろうな」

　一平が問いかけると、

「はあ……景徳鎮《けいとくちん》ですので」

　蚊の鳴くような声で、新之助は答えた。

「ほお、景徳鎮……」

　名は聞いたことがあるが、実物を見るのは初めてだ。ただ、途方もなく高価な壺だとはわかる。

　ところが、

「なにが唐渡りや。なにが景徳鎮や」

　薫は失笑を漏らし、割れた破片を拾いあげると、

「こら、ただの瀬戸物や。景徳鎮に絵柄を似せてこさえたのやろ。作らせたのは金五郎やな」

　と、新之助と夢幻に言った。

　新之助はぽかんとしているが、

「おそらく、そんなところだろうな」

　夢幻は認めた。

「しかし、どうしてそんなことを」

新たな疑問を一平が投げかけると、

「商いのためだろう」

あっさりと夢幻は言った。

「骨董商の商品ということか」

「お松の怨霊にかこつけて、いわくありげな壺として売るつもりやろう」

薫が言い添えた。

「なるほど、そういうことか」

「さて、あとはわしがお松の怨霊を現世におびきだし、白川殿が退散の祈禱をする、という手はずだ」

お手並拝見とばかりに、夢幻が楽しそうに言った。


一平は薫と夢幻とともに、折檻小屋へと戻った。

そこでふたりは、各々の祈禱をするのだとか。

薫は笏《しゃく》を両手で持ち、

「サンダラサムハラ、サンダラサムハラ」

と、真言密教を唱えはじめた。

一瞬にして、小屋の中に緊張の糸が張られた。くわしくは知らぬが、これが結界というものか、と一平は薫の技量に感心して小屋を出た。

薫と夢幻を折檻小屋に残したまま、母屋の居間に一平と金五郎、それに新之助が戻ってしばらくすると、

「お松の怨霊、退散！」

「悪しき霊よ、汝のおるところにあらず！」

「地獄の棲み処へ戻るがよい！」

などという、わかりやすい悪霊調伏《ちょうぶく》の絶叫がした。声からして、薫と夢幻は同時に、怨霊の呼びだしと退散の祈禱をおこなっているようだ。

一刻ほどが経過し、

「終わったようですな」

金五郎が、折檻小屋のほうを見た。

「旦那さま、新しいお茶を淹《い》れましたが」

湯気の立つ茶を運んできた新之助の言葉に、

「いや、よい」

と、金五郎は遠慮したが、

「夢幻さまが、旦那さまには濃いお茶を淹れてさしあげろ、とおっしゃいました。折檻小屋では、正気を保っていただかなくては、ということです」

新之助は困惑の表情だ。おそらく、夢幻からきつく言われているのだろう。

「そうだね、そのほうがいいな。よし、濃いお茶を飲んで、お松の怨霊と対峙するか。もっとも、祈禱がうまくいってれば、会うことはできないかもしれないけどね」

新之助の勧めに従って、金五郎はお茶を飲み干し、

「さて」

決して怖くはないと言い聞かせるように、自分を鼓舞した。

そこへ、薫と夢幻が戻ってきた。

「無事終わったで」

薫は言った。

「わしもな」

夢幻も自分の成果を誇った。

金五郎はふたりにお辞儀をしてから、折檻小屋に向かった。とりあえず朝まで過ごし、お松の怨霊が退散したかどうか、なにも異常を感じないかを確かめるのだという。

新之助も部屋を出ていき、一平と薫、夢幻の三人が残った。

祈禱の様子などを聞きたかったが、ふたりともいささか疲れているようだった。かといってほかに話題があるわけでもなく、しばし無言の時が流れる。

「ともかく、夜が明けるのを待とう」

やがてぽつりと、夢幻が言った。

「もはや、二度とお松の怨霊は姿を現しませんよ」

薫の断言に、

「だと、いいがな」

夢幻はにやりと返した。

「麻呂の祈禱に敵う物の怪なんぞ、おらんわいな」

余裕を示すように、薫は扇子で自分を扇いだ。

五

どれくらい経っただろうか。

まだ空は真っ暗で、そこに時の鐘が鳴った。

「まだ一刻はあるな」

夢幻が言った。

船を漕ぎかけていた一平も、眠っている場合ではない、と気合いを入れた。

相変わらず、薫は泰然自若としている。金五郎が無事に朝を迎えるのを、確信しているようだ。

するると、

「あっ！」

という男の悲鳴が聞こえた。

夢幻が立ちあがる。一平が薫を見ると、薫も耳をそばだて、背筋をぴんと伸ばしていた。

「お松！」

金五郎の絶叫が続き、すばやく夢幻は部屋を出た。一平も薫とともに、すぐあとを追う。母屋を出たところで、
ガシャーン！

壺の割れる音が、夜空に反響した。

さすがの夢幻も呆然と立ち尽くした。

次いで、

「どうじゃ、白川殿の負けのようじゃな」

勝ち誇ったように言うと、折檻小屋に急いだ。

小屋の引き戸を一平が開けようとすると、中から心張棒《しんばりぼう》が掛けてあるようで、ぴくりとも動かない。

夢幻が体当たりをした。

巨体だけあって、引き戸がみしみしと音を立てる。

「ぼけっと突っ立ってんと、どじ平もやんなはれ」

薫に言われ、一平も体当たりをした。薫はそばで見ているだけだ。

何度か繰り返すと、ようやく戸が倒れた。

夢幻は即座に足を踏み入れたが、焦りが先に立ってか足をもつれさせ、転倒し

てしまった。夢幻を助けようとした一平だったが、それよりも眼前の光景に目を奪われた。

血に染まった金五郎が、仰向けに倒れていたのだ。一平と薫は近づき、金五郎のかたわらにかがんだ。

両目を見開いた金五郎の胸からは、いまだ血が流れだしていて、そばに短刀が落ちていた。一平が脈を確かめてみると、見たとおり絶命していた。

どうやら、この短刀で殺られたようだ。

さらには亡骸の近くで、壺が割れている。さきほどの景徳鎮の贋物《にせもの》だ。

すると、

「はははははっ」

怪鳥のような雄叫びが聞こえた。

女の声……しかも、先に耳にしたのと同じ声音だ。

その雄叫びが遠去かってゆく。

夢幻が声のほうに向かおうとしたが、足をくじいたようで動けない。一平と薫が、折檻小屋から飛びだした。

目の前の樫《かし》の木の枝に、人影が見える。着物からして女のようだ。

「お松か！」

一平は叫びたてた。

すると夜風が吹き、着物が舞いあがってこちらに落ちてきた。

「おのれ」

抜刀した一平が、あたかも着物が怨霊本体であるかのように斬りかかった。

「やめなはれ」

薫に背中を叩かれ、一平は振りおろした刀を途中で止める。着物は刀にはらりとかかったあと、そのまま地面に落ちた。

目を凝らすと、静寂な闇が広がるばかりである。女らしき人影は、どこにも見えなかった。

しかたなく、一平と薫は折檻小屋に戻った。

夢幻が、金五郎の亡骸のそばに座していた。

「白川殿の負けだな」

ふたたび同じ台詞を吐いた夢幻だったが、今度は勝ち誇ることはなく、小さなつぶやきであった。それが、かえって薫の敗北感を募らせたようで、

「負けや」

素直に認めた薫は、その場にへたりこんだ。

そこへ、新之助が駆けつけてきた。

「旦那さま……」

呆然と立ち尽くす新之助を前に、一平はいまだ立ち直っていない薫の耳元に問いかけた。

「金五郎は、お松の怨霊に取り殺されたのですか」

「そうとしか考えられんわな」

力なく薫は答えた。

「しかし、殺したのは女ですよ。木の上にいて叫び声をあげた女です。白川さまも見たでしょう」

一平が反論すると、

「あの女が、お松の怨霊ということや」

薫は断定したが、いつもの自信満々な言動とは違い、苦悶《くもん》の表情だ。

「でも……」

そんなはずはない、と一平はなおも抗おうとしたが、その前に夢幻が口をはさんだ。

「お松の怨霊の仕業かどうかは断定できんが、この様子を見れば、少なくとも人の手によるものではないぞ」

「それは……」

一平は言葉をつぐんだ。

「戸は閉まっておった」

夢幻の言うとおりだ。人の出入りはできなかった。当然、小屋に入ったときにも、下手人の姿はなかった。

これでは、金五郎を刺し殺すことはできない。いや、可能なのは、やはり怨霊だけであろうか。

「麻呂のせいや」

すっかりとしょげ返った薫を、意外にも夢幻が気遣った。

「わしも責任を感じる。お松の怨霊を呼びだしてしまったのだからな……ともかく、金五郎をねんごろに弔《とむら》わねばならぬ」

そこで、沈痛な面持ちの新之助が言葉を発した。

「女将《おかみ》さんが気の毒です」

「お清さんには、拙僧から話そう。しかし、なんとも皮肉なことよ。金五郎さんは、お松の怨霊で儲けようとしておったのだからな」

夢幻の言いたいことは、一平にもわかった。

現世に飽きただのなんだのと言ってはいたが、やはり金五郎は、あの贋の壺でひと儲けを企んでいたのだろう。あのままで高値がついたかどうかは疑問だが、金五郎自身がお松の怨霊に殺されたとなれば、たとえ贋物の景徳鎮であろうと好事家たちに高く売れるだろう。

「しかし、死んで花実が咲くものか」

夢幻は責めるような目で、薫を見た。

「麻呂がお松の怨霊を退散できなかったのが悪い、と言いたいのか」

「いや、わしはそんなことは……」

自信を喪失してしまった薫は、いささか卑屈にもなっているようだった。

見かねた一平が、助け舟を出す。

「こんなことを申すのはなんだが、そもそも、夢幻殿がお松の怨霊を呼びだしたからこそ、こんな悲劇が起きたのではありませんか」

「しかしな、わしが呼びだした怨霊を、白川殿は退散してみせると啖呵《たんか》を切ったのじゃぞ……まあ、いまさらなにを言っても、しかたがないがな」

夢幻は金五郎に向かって、両手を合わせた。

すると、

「御免！」

ひときわ大きな声が聞こえた。

ぎくりとした一平だったが、小屋の戸のほうを見た瞬間……。

「御奉行！」

思わず一平が声をあげたように、そこにいたのは結城虎龍であった。

白地に極彩色で虎と龍を描いた、ど派手な小袖を着流している。前が虎、背中が龍という、お忍びの装束である。

お松の怨霊に怯えていた一平には、まさに地獄に仏のように思えた。

六

どうやら、虎龍も好奇心をおさえられなかったようだ。

金五郎の亡骸の前に立った虎龍を、一平が夢幻と新之助に紹介する。虎龍は挨拶もそこそこに金五郎のそばにかがんで、亡骸をあらためはじめた。

虎龍の無言の指示を受け、一平がすばやく着物を脱がせる。

左腕と左肩に傷があるが、いずれも浅手だ。致命傷となったのは、やはり胸の刺し傷であった。

「心の臓を貫いております」

一平の言葉に、

「そのようだな」

うなずいた虎龍は立ちあがった。

続いて一平は、これまでの経緯を簡単に説明する。

「引き戸には、心張棒が掛けられておったのだな。しかと相違ないな」

虎龍は念押しをした。

「間違いありません」

一平は自分が確かめ、夢幻とともに体当たりをしてようやく戸を壊して中に入った、と答えた。

「ですから、人が出入りする余地はありませんでした」

いつものように一平の決めつけではあったものの、どうにもそれが真実のように思える。

「虎龍さん、今回ばかりは麻呂の責任ですわ。詫びたところで、どないもならんやろうけど」

薫が力のない言葉を吐いた。いつにない表情と態度である。

「いや、結論づけるのは、いささか早計かもしれませんぞ」

「それは、虎龍さんなりの慰めかいな」

「そうではありませぬ。わたしは今回の一件、闇こそ広がっておりますが……晴れぬわけではない、と思いますすな」

「ほう、それはどないして」

一縷《いちる》の望みを見出したかのように、薫は訊ねた。

「それを、これから考えるのですよ」

笑みを返した虎龍に、

「なんや、頼りないことや」

期待を裏切られたように、ふたたび薫は肩を落とした。

「ともかく……」

そう切りだすと、虎龍は折檻小屋の中を見まわした。

「金五郎は、お松の怨霊に襲われたのだな」

「そうですぞ」

夢幻は即答した。

「しかし、金五郎は短刀で刺殺されている。怨霊が刃物を使うだろうかな」

虎龍の指摘に、

「それもそうやな」

薫は賛同した。

「だが、人の出入りはできなかった」

なおも強く言い張る夢幻に、虎龍は首を傾げた。

「そうかな」

「言いたいことがあるのならば、はっきりと申されよ」

夢幻の追及には答えず、虎龍は亡骸のそばに歩み寄り、ふたたび調べはじめた。

なにかを確認するようである。

やおら板敷に転がる短刀を取りあげると、胸の傷と照合した。

「なるほど、ぴたりとしておるな」

虎龍は刃を、左肩の付け根や左腕の傷とも照らしあわせ、

「金五郎は左利きではなかったな」

と、夢幻と新之助に問いかけた。新之助が、右利きです、と答える。

腰をあげた虎龍が、

「ならば、みずからで肩と腕を刺せるな」

右手に短刀を持ち、左肩の付け根と二の腕を刺す真似をした。

夢幻が右足を引きずりながら、虎龍の前に立った。

「御奉行、まさか、金五郎殿は自害した、とお考えなのですか」

「いや、自害ではない。金五郎は殺されたのだ」

虎龍は、まっすぐ夢幻を見返した。夢幻は納得したように首を縦に振り、

「そうでありましょう。金五郎殿は、お松の怨霊に殺されたのです」

と、責めるような視線を薫に向けた。

だが……。

「それも違う」

凛とした声で、虎龍は否定した。

夢幻が不満そうに舌打ちをする。

「ならば、誰が殺したのですか。念のために申しますが、小屋には中から心張棒が掛けられ、誰も出入りできなかったのですぞ。よって、人の仕業にはあらず」

強気の夢幻の姿勢にも、虎龍は動ずることなく、

「絡繰りを施せば、人でも金五郎を殺すことができる」

「絡繰りとは……」

夢幻は拳を握りしめた。

「ひとつはこれだ」

虎龍は、板敷に転がる壺と散乱する破片に視線を落とした。

「壺が……でございますか」

思わず一平が問いかけた。

それには答えず、

「もうひとつの絡繰りは……」

不意に虎龍は、短刀を夢幻目がけて投げつけた。

「ああっ！」

あわてて夢幻は横に跳びのいた。

短刀は夢幻を逸れ、板壁に突き刺さった。

夢幻は目をむき、

「なにをなさる。寺社奉行ともあろうお方が、常軌を逸したか。それとも、御奉

行もお松の怨霊に取り憑《つ》かれたか……」

首に掛けた巨大な数珠《じゅず》を両手でつかみ、板敷を両の足をしっかりと踏みしめて読経を唱えはじめた。

しかし、いたって正気だ、と虎龍は返し、

「おや、夢幻殿、右足をくじいたのではないのかな。わたしの短刀を避け、そのように仁王立ちしている様は、とても足を痛めているとは見えぬが」

と、快活に笑い飛ばした。

「ほんまや、あんた、嘘ついたんかいな。なんでや」

「どうして、そんな芝居をしたのだ」

薫と一平が、ほぼ同時に疑問をぶつけた。

それには答えず、夢幻は唇を引き結ぶだけだ。

「夢幻殿は答えたくないようだから、わたしが申そう。夢幻殿は、小屋に残りたかったのだ。白川殿と藤島は、女の悲鳴を聞いて外に出たのだな。その際、右足をくじいたゆえ、女を追尾できない、という理由を夢幻殿は作ったわけだ。では、なぜ小屋に残りたかったのか。それは、金五郎の胸に短刀を突き刺すためだ」

淡々と、虎龍は推量を述べたてた。

対して、一平は納得できないようで、

「夢幻殿は、金五郎にとどめを刺したのですか……あ、いや、それはおかしいですぞ。我らが踏みこんだとき、すでに金五郎は胸を刺されておりました。加えて、拙者、金五郎の脈を確認しております。たしかに、金五郎は死んでいました。夢幻殿もそれを見ておったのです。したがって、とどめを刺す必要はなかったのではござりませぬか」

面と向かって、虎龍に反論した。茫洋な平目のような顔が、いつになく引きしまっている。

「夢幻殿は、とどめを刺したのではない。あの短刀で胸を刺されたのだと思わせるために、金五郎の胸を刺したのだ」

虎龍は、板壁に刺さる短刀を指差した。

一平と薫は短刀を見やったものの、虎龍の考えが理解できず、ふたりともに首をひねっている。

一方の夢幻は、なにを考えているのか黙ったままだ。

虎龍は夢幻に近づき、

「どうして、そのような真似をしたのか……」

と、問いかけておきながら、夢幻の答えを待たず、

「それは、これだ！」

裂帛《れっぱく》の気合いで抜刀し、横一閃《よこいっせん》させると、夢幻の衣の右袖を斬り、返す刀で左の袖を斬った。

ぽとん、という音とともに、小さな玉が板敷に落下した。

一平が拾いあげ、手のひらに乗せる。

「鉄砲の弾ですね」

弾は血に染まっていた。

「金五郎は、鉄砲で撃たれて死んだのだ。それを誤魔化すために夢幻殿……いや、夢幻は鉄砲傷に短刀を刺し、金五郎殿が短刀で刺されたと見せかけ、なおかつ鉄砲弾を取りだしたのだ。鉄砲は、格子窓の隙間から撃たれたのだろう」

虎龍の推量に、

「なるほど、そういうことか」

薫は納得し、

「鉄砲であれば、銃声が聞こえたはずですが……」

一平は疑問を呈したものの、すぐにはっとしたように、

「あ、そうか。壺ですね。壺が割れたのにあわせて、鉄砲を撃ったのでしょう。壺を割ったのは、おそらく金五郎。だが、どうしてそんなことを……」

みずから回答を出したものの、新たな疑念を生じさせた。

これには、薫が答えた。

「金五郎は、お松の怨霊に襲われている芝居をしたのや。もちろん、夢幻の指示でな。そうであろう。認めんか、この生臭坊主！」

気落ちから立ち直った薫は、夢幻から受けた屈辱を晴らさんとばかりに、猛然とした口調で問いつめた。

そのとき、

「きゃあ！」

耳をつんざく女の悲鳴が響き渡った。

「お松の怨霊じゃぞ」

夢幻は誇らしげに言った。

一平は目をむいたが、虎龍は大きな声で笑い飛ばし、

「新之助、やめろ」

と、鋭い声を放った。

思わずといったように、新之助は口を手で塞いだ。

「お松の怨霊の声は、新之助の仕業だったのですか。ですが、最初に悲鳴を聞いたとき、新之助は拙者の前に立っておりましたが、叫び声などあげておりませんでした……そうです、口を半開きにして突っ立っておりました」

一平は、虎龍と新之助を交互に見た。

「西洋には、口を動かさず、少しだけ唇を開けた状態で言葉を話す見世物があるそうだ。横に人形を置いて、あたかも人形がしゃべっているように見せかけるらしいがな」

虎龍が、相違あるまい、と問いつめると、新之助はがっくりとうなだれた。

ここで夢幻が、

「新之助、殺せ！」

と、大音声で命じた。

ぱっと新之助は顔をあげ、懐中から短筒《たんづつ》を取りだした。

「その短筒で、金五郎を撃ったのだな」

虎龍が語りかけても、新之助は返事をせず銃口を虎龍に向けてきた。

不敵な笑みを浮かべた夢幻が、新之助のほうに歩きはじめる。

次の瞬間、

「ど阿呆！」

薫が怒声を浴びせ、夢幻を突き飛ばした。

夢幻はつんのめり、新之助にぶつかった。新之助はよろめいたものの、急いで体勢を立て直す。

すかさず虎龍は板壁に駆け寄ると、刺さっている短刀を抜くや、新之助に投げつけた。

短刀は新之助の腕に刺さり、銃口が上を向く。弾丸が発射され、天井に穴が空いた。

虎龍は大刀を抜き、夢幻の首筋と新之助の肩に、峰討ちを食らわせた。

瞬く間に、ふたりは膝からくずおれた。


観念したのか、その後すぐに夢幻と新之助は罪を認めた。

夢幻は言葉巧みに、金五郎に近づいた。金五郎が所有する、番町皿屋敷を焼き直した怪談が噂されている寮に目をつけたのだ。

金五郎は、お松の怨霊を利用した壺売りの企てに、まんまと乗った。がらくた

同然の壺が高値で売れるかもしれないと、欲をかいたのだ
　一方、店者だった新之助は、かつては大道芸人であったそうだ。器用な男で、声色の技や短筒の扱いも、そこで覚えたのだという。これまでにもちょくちょく夢幻に協力し、さまざまな詐欺事件に加担していた。

　ちまちまとした小銭稼ぎに飽きた夢幻と新之助は、ここらで大きな勝負に出ようとした。お松の怨霊の仕業に見せかけて金五郎を殺し、寮にある千両箱を奪う企みである。

　すべてが明るみに出たあと、一平は、お松の怨霊に怯えたことなど忘れたようで、幽霊や物の怪などいないのだ、と吹聴《ふいちょう》している。

　片や、祈禱に失敗したとしょげ返っていた薫も、ふたたび今晴明を自称し、すっかり自信を取り戻したようだ。

　喉元過ぎれば熱さを忘れる……の典型的なふたりであろう。

　そして、いまだ虎龍の前には、百合の幽霊は現れてくれない……。

第四話　滅びの妖刀

一

皐月三日の夕暮れ時、寺社役の藤島一平は、南町奉行所の定町廻り同心・伴内丑五郎から相談を持ちかけられた。

皐月に入っても雨が降らない日が続き、ありがたい反面、天変地異だと騒ぎたてる者、これじゃあ米は実らないと嘆く者、噂話の好きな江戸っ子のせいで、江戸市中は賑やかだ。

そんな天候不順の日々が続くなか、いつも自分を見くだしている伴内の頼み事となると、いっそ断りたくもなるが、

「いや、それがねえ……妖刀《ようとう》にまつわる話なんですよ」

と、伴内はよりにもよって、奇妙な話を切りだしてきた。

一平自身はあやかし、妖異《ようい》の類の話は嫌いだが、おそらく虎龍も薫も興味を抱くに違いない。ここで無視するわけにもいかなかった。

「妖刀というと、手にした者に災いをもたらす刀か……」

一平も、妖刀にまつわる挿話は、いくつか知っていた。

たとえば、妖刀村正《むらまさ》。

徳川家康《とくがわいえやす》の祖父・松平清康《まつだいらきよやす》の殺害に使用され、父広忠《ひろただ》も村正の刀で家臣により手傷を負わされた。そして、家康自身も村正の鑓《やり》で怪我をし、嫡男《ちゃくなん》・信康《のぶやす》自刃の際に介錯《かいしゃく》に使われたのも村正であった。

さらには、大坂の陣で家康を窮地に追いこんだ真田《さなだ》幸村《ゆきむら》も、村正の大小を所持していた。

「藤島さま、幽霊や妖怪、祟りなんざ、信じないなんておっしゃってますが、本当は怖いんじゃないんですか」

伴内のにやにや顔に腹が立ち、

「そんなことあるものか！」

つい、むきになってしまった。

「ならば、ちょいと付き合ってくださいよ。美味いものが食べられることですしね」

伴内は、目の前の縄暖簾に入った。

まんまと伴内に乗せられてしまったようだ。


夕暮れ時を迎え、店内は半分ほどが埋まっている。天井からぶらさがる八間行《はちけん》灯に照らされた人々は、みな楽しげだ。まだ早い時刻とあって、悪酔いしている者もいない。一平は伴内に続いて、入れこみの座敷にあがった。

「ちょいと、膝を送ってくれ」

牛のような八丁堀同心に恐れをなし、何人かが腰をあげて隙間を作ってくれた。

すると、ひとりの男が待っていた。

男は卯之吉《うのきち》と名乗り、質屋を営んでいるそうだ。歳は二十七、八。質屋は父親の跡を継いで、二年前から営んでいる。父親は亡くなり、母親とふたり暮らしであるとか。

おっとりとした物腰で頼りなげ、とても質屋の主人には見えない。縞柄の小袖に黒紋付を重ねているが、小柄ゆえだぶついている。父親の遺品なのかもしれない。

手早く酒と料理を注文すると、卯之吉は一平や伴内と向かいあった。

卯之吉の質屋には、ときおり暮らしに困った侍が刀を質に入れにくる。侍にしてみれば、一文でも多く借りたいから、いかにすばらしい刀なのかを言いたてるが、刀剣の価値などわからない卯之吉は、いつも伴内に目利きを依頼しているそうだ。

それが今回は妖刀だということで、これは寺社方の領分だと、伴内は一平に頼むことを勧めたのだった。

「拙者に刀の目利きなんぞできぬ」

正直に一平は打ち明けた。卯之吉に期待を持たせ、過分な接待をさせては気の毒だ。

「御奉行さまにお願いできませぬかね。大和守さまは刀の目利き、とくに妖刀の鑑定に精通していらっしゃるんじゃないですか」

伴内らしい、ずうずうしさだ。

「御奉行が刀の目利きをなさるかどうかはわからぬが、妖刀には興味を抱かれるかもしれぬ……頼んではみるがな」

すがるような目をしている卯之吉に同情し、一平は請け負った。

「畏れ多いことですが、よろしくお願いいたします」

卯之吉は米搗き飛蝗のように、何度も頭をさげた。

「それで、質入れしようという刀の持ち主は……」

一平は八間行灯を見あげた。どことなく郷愁を誘われるやわらかな灯が、目に染みる。

「浪人者ですよ。武士の魂を質に入れようってんですからね、よっぽど暮らしに困っていなさるんでしょう」

卯之吉が答えたところで、ちろりが運ばれてきた。人肌に燗《かん》がついている。猪口に注いで口に含むと、鼻先がつんと刺激されたが、じきに酒特有のほのかな甘みが口中に広がった。空腹で飲む酒は、五臓六腑に染みる。

ひと口飲んだだけで、一日の疲れがすうっと引いてゆくようだ。もっとも、疲れるような仕事などしていないのだが。

「牡丹鍋《ぼたんなべ》が来ますからね。ここの牡丹鍋はそりゃもう、美味いのなんのって」

饒舌に料理の説明をしようとする卯之吉を制して、一平は刀の目利きについてもっとくわしいことを話すよう言った。

おっといけない、と自分の額を手で打ってから卯之吉は語りだした。

「その浪人、相州《そうしゅう》は元葉山藩のご家来で、丸橋源五郎《まるはしげんごろう》さまっていうんですけどね、先祖伝来の名刀を持っていらしたんです」

「いくら要求しておるのだ」

「五十両ですって」

呆れたような卯之吉の口ぶりが、丸橋源五郎への不審をうかがわせる。

「五十両を口にしたということは、本物の妖刀なのか」

「ですから、伴内の旦那に目利きをお願いしたんですよ。そうしたら、妖刀は町方じゃ扱っていない、寺社方の領分だって」

卯之吉はしっかりと目利きをしたあとに質入れに応じようと、丸橋には出直してくれと頼んだそうだ。丸橋は、明日の昼に再度訪ねてくるという。

「明日か……」

猪口を口にあてて、思案する素振りを示す。

そこへ、伴内がちろりを向けてくる。猪口で受けながら、

「わかっておる。御奉行にお願いはしてみる」

微妙な言いまわしで、一平は承知をした。

「正真正銘の妖刀だったら、こりゃ、引く手あまたですよ」

酔いがまわるには早いが、卯之吉の口調は熱を帯びてきた。たしかに、日本刀の需要は高い。江戸初期には、もっぱら切れ味が重要視された刀であったが、天下泰平が続くにしたがい、切れ味よりも見た目の美しさが求められるようになっていた。

つまり、武器から工芸品のような扱いになっているのだ。先祖伝来の名刀となれば箔がつくし、腕のよい研ぎ師も重宝がられている。ましてや有名な妖刀ともなると、恐いもの見たさも加わって、かなりの高値がつくだろう。

「で、本物の妖刀であったなら、五十両貸すつもりなのか」

「本物でしたらね」

卯之吉はにんまりとした。

「五十両貸したとしても、丸橋なる浪人が受けだしには来られないと踏んでいるんですよ。人の好さそうな顔をして、ちゃんと算盤玉《そろばんだま》を弾いていやがる」

伴内が卯之吉の額を小突いた。

「親父の作った質屋を守らなきゃいけないんですよ」

卯之吉は笑顔を取り繕った。

続いて、

「先祖伝来の名刀を質に入れるってことは、よっぽど暮らしは逼迫しているんでしょう。同情はしますが、こっちも商売なんで……」

二百両で売れるか、いや、五百両でも欲しがるお武家がいるかもしれないと、卯之吉は捕らぬ狸の皮算用をはじめた。

そこへ、香ばしい味噌の香が漂ってきた。食欲をそそる料理は、卯之吉が自慢した牡丹鍋である。なるほど自慢しただけあって、猪の肉がたくさん入っている。

「普通はね、牡丹鍋といっても、肝心の猪肉が葱や豆腐の脇に申しわけねえように、まるで添え物みたいにしか入っていねえもんですがね。ここのは堂々と、主役を張っているんですよ。さしずめ、牡丹鍋の団十郎ってことでさあ」

御託《ごたく》を並べながら、卯之吉は椀に猪肉と葱をよそい一平に差しだす。続いて伴内の分も用意しようとしたが、伴内は自分でやる、とがばっと猪肉ばかりを椀に取った。

一平がふうふう口で吹きながら頬張ると、

「あちち」

伴内は一度に、数片の猪肉を噛みしめた。

美味い。

やわらかだがしっかりとした歯ごたえ、食感、甘味と苦味が味噌と絡みあって、酒も進みそうである。青葱のさくさくとした食感が、猪肉の味を引きたてていた。なるほど、ここではたしかに葱が名脇役だった。

こんな美味い物を奢られたからには、是が非でも、虎龍にご出馬いただこうという気になった。

二

明くる四日の昼さがり、虎龍は一平をともなって、湯島天神の門前町にある卯之吉の質屋、聚楽屋《じゅらくや》にやってきた。

刀の目利きをするということで、小袖に黒紋付きの羽織を重ね、仙台平の袴を穿いている。足袋も真っ白な物を選んでおり、お忍びで外出する際の派手な形ではない。

一平が予想したとおり、妖刀に関する話だと聞き、強い興味を抱いての質屋訪問である。加えて、虎龍には刀の目利きに関しても、いささかの自信があった。

湯島天神の人混みは一年を通じて途切れるものではなく、とくに白梅が咲くころには、どっと人の波が押し寄せる。

聚楽屋の前に立った。

横丁のどん突きにかまえられた店は間口十間、初夏の陽光を弾く屋根瓦が葺《ふ》かれたばかりで、卯之吉の軽さとは裏腹に貫禄を示している。

軒下《のきした》に掛け看板がつるされており、大、中、小の円筒が重ねられた上部から暖簾のような紐が、たくさんぶらさがっていた。質屋特有の看板で、円筒は月を、紐は質流れを意味している。すなわり、三月で流れるということだ。

腰高障子《こしだかしょうじ》には、聚楽屋の屋号と長寿の神、福禄寿《ふくろくじゅ》が描いてあり、半開きにされていた。

「御免」

一平が空咳をしてから足を踏み入れる。

帳場机に座っていた卯之吉が、待ってましたとばかりに笑みを広げる。十五畳ばかりの店は、卯之吉のほかに誰もいない。

虎龍と一平は大刀を鞘《さや》ごと抜き、店にあがった。帳場机をはさんで卯之吉の向かいに座り、虎龍と一平は大刀を右に置いた。

一平から虎龍を紹介され、畏れ多いことで、と恐縮の体となった卯之吉に、

「これも役目ゆえ、気にいたすな」

と、虎龍は鷹揚に声をかけた。

実際、役目と言うよりは、個人的な趣味なのだが。

「浪人はまだ現れておらぬか」

一平が問いかけると、

「そろそろですよ」

腰を浮かした卯之吉は、落ち着かない様子だった。丸橋が、別の質屋に持ちこんでいるのではと危惧しているのだろう。もし、本物の妖刀であれば、特大の魚を釣り逃がしたことになる。

帳場机の脇に置かれた火鉢の鉄瓶から湯気が立ち、湯が茹だる音が心地よい。

「御免」

野太い声が聞こえ、ひとりの侍が入ってきた。

丸橋さまです、と卯之吉が小声で教えてくれた。

月代は伸び放題、口のまわりや頬、さらには顎にまで無精髭が生え、着物の襟は黒光りがし、袴にいたっては筋も入っていない。尾羽《おはう》打ち枯《か》らしたとは、この男のためにあるような言葉だ。

腰に差した大刀とは別に、右手にひと振りの刀を持っている。先祖伝来の名刀だからか、皮の袋に入れてあった。

丸橋は、ちらっと一平を見た。丸橋の視線を追った卯之吉が、

「寺社奉行の結城大和守さまとご家来、藤島一平さまです。結城さまは刀の目利きでは、御公儀《ごこうぎ》で右に出る者はいないって評判のお方なんですよ」

と、虎龍を持ちあげた。

丸橋は、ほうとつぶやいてから、

「寺社奉行殿が目利きくださるとは畏れ入る。よろしく願いたい」

と、小あがりに腰かけ、虎龍との同席に遠慮の体を取った。

差しだされた大刀を、

「おあずかりいたす」

虎龍は正座をして両手で受け取ると、皮の袋から取りだす。

鍔といい鞘といい、なるほど、すばらしい拵《こしらえ》である。いかにも逸品の雰囲気を醸しだしており、卯之吉も身を乗りだして見入っていた。丸橋は背を向け、静かに目利きを待った。

柄に左手をかけ、親指で鯉口を切ると、虎龍は右手でゆっくりと抜いた。陽光

を受けた白刃の煌《きら》めきが目に刺さった。

垂直に立てて、まずはじっくりと鑑賞する。匂いたつような刃文だ。吸い寄せられるような魅力に富み、思わずため息が漏れる。口を半開きにした卯之吉の間抜けた面が、刀身に映った。

すばらしい刀だ。

伴内と卯之吉から、妖刀だと聞いたせいか、妖しげな美しささえ感じる。

「失礼」

虎龍は左手で懐中から、懐紙を取りだした。刀を横にし、刃を上に向ける。紙をその上に落とした。

紙は、はらりと舞ったあと、引きこまれるようにして刃に落ちる。

「ああっ」

卯之吉が感嘆の声をあげた。

紙は真っぷたつに切断されたのだ。

「これは、すごい切れ味だ」

思わず一平は声を弾ませた。

丸橋が黙って、虎龍に向いた。

「見事ですな」

虎龍の言葉を受け止めたのか、

「いささか、自慢の逸品でござる」

口元を丸橋はわずかにゆるませた。

「すげえですよ。こりゃあ、妖刀村正ってやつですかい」

卯之吉も賛辞を惜しまない。

「茎をあらためます」

丸橋に声をかけてから、柄を外す。

茎を見た。

銘を確かめてから柄を付け、静かに丸橋に視線を移す。丸橋は、わかったかというような目で虎龍を見返した。虎龍は決して騒ぐことなく、

「相州伝左文字《さもんじ》兼平《かねひら》ですな」

「正真正銘の兼平でござる」

答えた丸橋と視線が交わり、虎龍はうなずきを返した。すると、ひとり仲間外れにされたかのように卯之吉が、

「左文字って、なんですか。妖刀って言えば、てっきり村正だと思ってました。

そんな無名の刀じゃなあ……」

五十両を貸す値打ちがあるのかが気がかりのようだ。口元に微笑を浮かべた丸橋が、虎龍に説明してくれと目で頼んだ。

虎龍は卯之吉に向き、

「いやいや、相州伝左文字兼平作の刀は、名刀として知られているのだが、別にもうひとつ評判があってな、いわゆる妖刀だ。村正にも劣らぬ、いや、村正以上の……」

卯之吉は肩をそびやかし怖気《おぞけ》を振るった。

「人の血を求めると言われ、人の血を吸えば吸うほど、切れ味が増すと伝承されているのだ」

虎龍が言い添えると、

「へえ、そいつはすげえや」

卯之吉は刀と丸橋を見くらべた。丸橋は無言を貫いている。一平は口を半開きにして、兼平に見入った。茫洋な平目のような顔が際立っている。

「いや、眼福でござった」

虎龍は刀を鞘に戻し、丸橋に手渡した。

「ならば、五十両、拝借願いたい」

丸橋は立ちあがり、卯之吉に頭をさげた。

卯之吉の顔には躊躇いがある。村正に勝る妖刀と聞いて、腰が引けたのだろう。恐怖心に加えて、この刀が質流れしたら、売れるかと危ぶんだに違いない。

先祖伝来の刀を手放そうという丸橋の事情が、気がかりにもなったようだ。

卯之吉は丸橋に向かって、

「失礼ですが、これほどの名刀を質に入れるというのは、よほどのご事情があると存じますが」

遠慮がちな物言いをしながらも、視線は丸橋の目に据えた。

丸橋はひと呼吸置いてから、

「よもや、これを盗品と思っておられるか」

露骨な不快感こそ示していないが、丸橋が屈辱を味わっていることはたしかだった。

「滅相《めっそう》もございません」

卯之吉がかぶりを振った。丸橋が答える前に、

「いや、疑われるのも当然でござるな。尾羽打ち枯らしたわが身を思えば、当然

のことでしょう。よろしい、よけいなお世話とは存ずるが、わが身の上話をお聞かせいたそう」

虎龍に勧められ、丸橋は店にあがって正座をした。背筋がぴんと伸び、みすぼらしい身形ながら武士の品格を漂わせている。

丸橋は相模国《さがみのくに》葉山藩五万石の藩主・加納越後守尚村《かのうえちごのかみなおむら》の家来、江戸の藩邸で納戸《なんど》役を務めていたそうだ。

「昨年の秋のことでござった。国許の城と江戸の藩邸におさめる、炭の入れ札をおこなうことになりました」

葉山藩も他の大名家同様に台所事情は決して楽ではなく、できるかぎり出費を抑制することが課題であった。そのために、炭も入れ札にして安い値をつけた炭問屋から購入しようという方針になった。

「至極当然のことですな」

虎龍はうなずいた。

「そこまではよかったのです」

落札したのは、江戸《えど》神田《かんだ》三河町《みかわちょう》に店をかまえる炭問屋の宝珠屋《ほうじゅや》玉次郎《たまじろう》であったそうだ。これまでに葉山藩との付き合いはなく、この入れ札によって出入りがかなったのだった。

「宝珠屋に落札したあとのことでござった。納戸方を務めておりました拙者が、宝珠屋のために便宜《べんぎ》をはかったという噂が藩邸内で立ち、続いて賂《まいない》を受け取ったという出鱈目《でたらめ》がまことしやかに流れたのでござる」

いわれなき中傷であると、聞き流していたが、丸橋を疑う声は高まるばかりとなった。

藩内も放置できない騒ぎとなり、上役から詮議《せんぎ》されるに及んだ。丸橋は身の潔白を言いたて、上役も、確たる証はない、と丸橋は不問に付された。

ところが、

「人の妬《そね》みというのは限りないものがござりましてな」

「どうしました」

引きこまれたように、卯之吉が身を乗りだす。一平も興味津々の表情で、丸橋の話に聞き入っていた。

当時のことが思いだされたのか、丸橋の息は荒くなり、顔が不快に歪《ゆが》んだ。卯之吉は危ぶみ、虎龍を見た。

「卯之吉、茶でも淹れてくれ」

虎龍に頼まれて、

「こら、失礼しました」

渡りに舟だと言わんばかりに、そそくさと奥へ向かった。少し間を取ったことで、丸橋は落ち着きを取り戻した。

三

「すみませぬ。つい、心が乱れ申した」

丸橋が詫びると、

「いや、こちらこそ、立ち入ったことをお聞きして恐縮でござる」

虎龍は軽く頭をさげた。

やがて、卯之吉が盆に茶と菓子を乗せて戻ってきた。

「この人形焼き、評判ですからね」

卯之吉はどうぞと勧めたが、丸橋は無用だと断った。一平は人形焼きを食べようとしたが、虎龍の目が気になるようだ。

虎龍は、

「頂戴《ちょうだい》しよう」

と、手に取った。

安心とばかりに、一平も食べはじめる。

なるほど、美味い。

甘い物は苦手なのだが、こしあんにしつこさがなく、これなら食べ終えることができよう。ついつい笑みがこぼれてしまった虎龍と一平をよそに、丸橋は沈痛《ちんつう》な顔をしている。

話は途中だった。

虎龍は表情を引きしめて、丸橋に向き直った。

結局、丸橋は濡《ぬれ》れ衣《ぎぬ》をかけられて藩を追われた。

「濡れ衣でござったのでござろう。濡れ衣と主張すれば、よろしかったのではないか」

虎龍の問いかけに、丸橋の顔がますます曇った。

「むろん、上役である納戸頭の五十嵐庄兵衛《いがらししょうべい》さまには、濡れ衣だと申したてたのでござる」

ここで卯之吉が、

「五十嵐さまってお方は、信じてくださらなかったのですか」

尋ねたのだが、口の中に人形焼きが残っているため声音が曇り、ばつが悪そうな顔をした。丸橋は気にすることなく、

「五十嵐さまは、拙者の訴えをお取りあげにはなったものの、思いもかけない証人が現れたのだ」

落札した炭問屋宝珠屋の手代・仁助《にすけ》が、主人に内緒で丸橋に賂を贈ったという遺書を残して自害したという。それが決め手となって、丸橋は藩を放逐《ほうちく》されることになったのだった。

妻とふたり、上野黒門町《うえのくろもんちょう》の裏長屋に住まいして、日雇いの仕事で糊口《ここう》を凌《しの》いできた。しかし、暮らしには困るばかり。

先月に妻が重い病を患い、薬代を工面しようと先祖伝来の左文字兼平を質に入れようと思いたったのだとか。

「このざまでござる」

丸橋は小さくため息を吐くと、腰に差していた大刀を抜いた。

竹光である。

普段、腰に帯びていた大刀は、すでに売り払ったのだろう。

「お気の毒に」

卯之吉が同情を寄せる。

丸橋は竹光を鞘に戻し、

「手代の仁助が、どうして出鱈目の遺書を書き残したのかはわかり申さぬ。ひょっとして、店の金に手をつけ、それを拙者のせいにしようとしたのかもしれぬ。しかし、それよりも我が身の不運、いや、わが家の不運は、この刀とともにあると考えるようになったのでござる」

いかにも意味深な物言いである。

「左文字兼平、まさしく妖刀でござった」

丸橋の言葉を受け、虎龍が、

「丸橋殿の御家に妖刀が行き渡った経緯を、お聞かせくだされ」

兼平を手にしたのは、丸橋の曽祖父だという。曽祖父の喜十郎《きじゅうろう》が、藩主の御前試合で優勝し、褒美として下賜《かし》された。当時の藩主・加納越後守が、加納家に伝わる左文字兼平をくれたのだった。

家宝であった名刀を家臣に下賜したとあって、よくない憶測も行き交った。

加納家が左文字兼平を手にしたのは藩祖《はんそ》尚高《ひさたか》のときで、大坂の陣の備えで、特別に打たせた。その後、豊臣家滅亡後の残党狩りで百人の首を刎《は》ねても、刃こぼれひとつしなかったどころか、首を刎ねるごとに切れ味を増したという伝説を作った。

そんないわくある妖刀ゆえ、城内奥深くに秘蔵されていた。歴代藩主のなかには奇病を患った者もあり、城と城下が大火に見舞われること十度に及んで、左文字兼平に豊臣家残党の怨念がこもっていると語られるようになる。

城が燃えても、左文字兼平は無事であることが祟りを裏づける証拠とされ、祈禱師によって、豊臣家残党の怨霊退散が祈念されたこともあった。

喜十郎に下賜されたとき、加納家はむしろ手放すよい機会をうかがっていたのだ、と揶揄する者があとを絶たなかった。

「そりゃきっと、妬みですよ」

おっかなびっくりに卯之吉が否定したが、丸橋は首を横に振った。

半年後、喜十郎は突如として錯乱し、下僕《げぼく》を斬殺したあげくに自刃して果てた。腹を十文字に切り裂き、みずから首を左文字兼平で刎ねるという凄惨な死であったという。

「続いて、祖父でござる」

祖父の宗十郎《そうじゆうろう》はいたって壮健、剣の腕も相当なものだった。ところが、左文字兼平の手入れをしていたときに地震が起き、その拍子に咽喉を突いて死んでしまったのだとか。

「不幸は父にも及びました」

「お父上さまも錯乱のあまり、人を誤って斬ったとか」

卯之吉の問いかけを否定してから、丸橋が語ったところによると、父の正十郎《まさじゆうろう》は、顔に腫物《しゆもつ》ができて、十年にわたって苦しみ抜いたあげくに命を落としたらしい。腫物の病の果ての死なのだが、藩では誰言うともなく、左文字兼平の祟りだという風聞が流れた。

「そのうえで、今回の拙者の濡れ衣」

「濡れ衣には、左文字兼平はかかわっていないでしょう」

卯之吉の問いかけを否定するように、またも丸橋は首を横に振った。

納戸頭の五十嵐庄兵衛は刀剣収集が趣味で、左文字兼平を譲ってくれと、折に触れ丸橋に頼んできたのだという。

家宝だからと断り続けていたのだが、そんななか、宝珠屋の騒動が起きた。

濡れ衣は五十嵐の作為とは思わないが、左文字兼平が災いしたのではと、丸橋自身は受け止めているそうだ。

「ともかく、この妖刀によって丸橋の家は祟られ続けたのだと思い、せめて病床の妻に役立てようと質に入れたいのでござる」

丸橋は言った。

あらためて卯之吉は左文字兼平に視線を移すと、黙りこんでしまった。左文字兼平に伝わる凄まじい伝承に、衝撃を受けたようである。

虎龍が、

「ご事情はよくわかり申したが、曽祖父の代より伝わる大事な刀、質入れに際してはもう一度、よくよくお考えになってはいかがか」

続いて卯之吉も、

「そうですよ。なんたって、刀はお侍の魂ですからね」

ふたりの言葉に、丸橋も考えこむようにして口を閉ざした。

「ほかになにかございましたら、多少のお金でしたら融通しますんで」

質に引き受けたくない卯之吉は、ここぞとばかりに強い口調になった。

「承知した」

丸橋は苦悩の表情を浮かべながら竹光を腰に差し、左文字兼平を手に持つと、聚楽屋から出ていった。

丸橋の姿が見えなくなったところで、卯之吉がほっとしたようにため息を漏らした。

「いやあ、まいりましたね」

「腰が引けたか」

「あんなおっかない刀を質草に置いておいたらですよ、うちは潰れてしまうかもしれませんぜ」

卯之吉が肩をすくめると、一平も強くうなずいた。妖刀なんぞ迷信だと豪語していたのに、例によって人の話に影響されている。

「そこまで、おおげさに考えることもなかろう」

虎龍は苦笑を漏らしたものの、卯之吉はいたって大真面目である。

片や一平は、またもや意見が変わったらしく、虎龍の言葉に納得するように、そうだ、おおげさだぞ、などと卯之吉に声をかけている。

「おおげさなもんですか。背筋が寒くなりましたよ」

自分の首を手でさすりながら、卯之吉は言った。

「ともかく、丸橋殿は持って帰ったのだ」

「でも、またやってくると思いますぜ……」

やおら卯之吉は立ちあがり、部屋から出ていこうとする。

「どこへ行くのだ」

一平が問いかけた。

「ちょっとだけ失礼いたします」

そそくさと卯之吉は奥に引っこむと、すぐに瀬戸物の壺を持って戻ってきた。

「なんだ、それは」

戸惑う一平に、

「塩ですよ」

卯之吉は、お清めをしなくちゃ、と裸足のまま店の前に飛びだして塩をまいた。

途端に、

「馬鹿野郎、なにしやがるんだ」

塩をかけられたと思しき、通行人の剣呑な声が聞こえた。

聞き覚えのある声だ。

四

「こりゃ、旦那。すいません」

卯之吉の謝る声が聞こえたと思うと、大柄な男がぬっと暖簾をくぐって入ってきた。

伴内丑五郎だった。今日も岡っ引の豆蔵は連れていない。

「どうした、葬式にでも行ってきたのか」

伴内は店にあがりこみ、虎龍に深々とお辞儀をした。虎龍も会釈を返す。

「例の妖刀ですよ。一家が祟られてしまうってすげえ刀だって、寺社奉行さまが目利きをなさったんです。村正以上の妖刀で、左文字兼平って言うんですって」

声を上ずらせる卯之吉に対して、

「左文字兼平……へえ、妖刀ね」

伴内はあくび混じりに返した。

「ご存じですか」

卯之吉の問いかけに、伴内は素っ気なく、知らん、と首を横に振った。

卯之吉が宝珠屋の一件を持ちだし、それまでの経緯を簡単に説明した。

「……ほう、宝珠屋の手代、仁助の自害か」

そちらのほうには、伴内も興味を示した。

「旦那は宝珠屋をご存じなんですか」

「ああ」

短く伴内は答えたのち、おもむろに、

「宝珠屋というのはな、いろいろと噂に事欠かんのだ」

なんでも、宝珠屋の主人・玉次郎は、老舗の炭問屋三河屋の手代を務めたあと、五年前に三河屋が火事で潰れると、独立をし、三河屋の得意先をそのまま受け継いで店を大きくしたのだとか。

「やり手って評判だが、反面、強引な商いだってもっぱらの評判でな。これと目をつけたお得意先には、賂を使うことも辞さないどころか、おおいに接待をして取りこんでしまうそうだ」

「まさしく、葉山藩がそうなんじゃないんですか」

玉次郎なら、葉山藩にも強引な商いをしたはずだと、卯之吉は決めつけた。

「妖刀の持ち主の浪人も、宝珠屋の強引な商いの犠牲になったのかもしれんな」

伴内の推測を受け、

「手代が自害したっていうのも、どうも臭いますね」

途端に、卯之吉は騒ぎはじめた。

「宝珠屋玉次郎と、納戸頭の五十嵐何某《なにぼう》の関係もぷんぷん臭うぜ」

伴内は、五十嵐が宝珠屋玉次郎から賄賂《わいろ》を受け取り、その罪を丸橋に押しつけたのではないかと推測した。早計に過ぎるのではないかと虎龍は賛同しなかったが、卯之吉はそうに違いないと騒いだ。

案の定、一平も賛同の表情となっている。

「きっと、五十嵐って上役は、左文字兼平を手に入れたかったんですぜ」

卯之吉は推測を進めた。

「しかし、そうなら、丸橋殿は五十嵐を訴えるなりしただろう」

虎龍は卯之吉の決めつけに釘を刺した。

「それができていれば、浪人なんかしなかったってことじゃござんせんかね」

卯之吉は不満げに異論をとなえた。

議論が高まったところで、

「ま、どうでもいいさ」

伴内は大きく伸びをした。

「どういたしましょうか」

卯之吉に聞かれても、虎龍とて、どうしようもない。虎龍が黙っていると、

「丸橋って浪人に知らせてやらなくていいんですかね」

なおも卯之吉は問いかけてきて、代わりに一平が答えた。

「なにを知らせるのだ」

「そりゃ、上役の五十嵐って人が怪しいってことですよ」

「いまさらそんなことを知らしめたところで、どうすればいいか、丸橋殿とて困惑するだけだ」

虎龍が口をはさんだ。

「おれも寺社奉行さまに賛成だ」

無関心な態度を取っていた伴内が、賛意を表した。

「まったくもう、どうしてこうお侍ってのは、面倒を嫌がるのかね」

卯之吉に批難されようが、いまのこの段階で動くわけにもいかない。

「なら、あたしが話しにいってきてもいいんですがね」

言いながらも卯之吉は、ふと自分があまりにお節介なことに気づき、ばつが悪

そうに頭をかいた。

「まあ、わざわざ行かずとも、丸橋さんが左文字兼平を質に入れにきたら、このことはお耳に入れてさしあげますよ」

お節介なのは卯之吉のよいところであり、欠点でもあるのだろう。

「これで失礼する」

虎龍が腰をあげたところで、

「おれも失礼する」

伴内も立ちあがった。

五

藩邸に戻ってはみたものの、虎龍はなにやら胸騒ぎがしてならなかった。

伴内から聞いた宝珠屋の一件、丸橋はどう思っているのだろう。

口ぶりでは、己が不運は妖刀を受け継いだからだと諦めているようだったが。

それとも……。

丸橋が妖刀左文字兼平を手に、宝珠屋を斬る姿が脳裏に浮かぶ。

いや、いくらなんでもそれはないだろう。

宝珠屋玉次郎を斬る気なら、兼平を質に入れたりなどはしない。思いすごしには違いないが、それにしても、丸橋の濡れ衣を晴らしてやりたくなった。

知りあったのも妖刀の縁、とでも言おうか、と虎龍は内心でつぶやき、ひとり苦笑した。


明くる五日の夕刻、暖簾を取りこもうと卯之吉が表に出たところで、丸橋が姿を見せた。

夕日を浴びた丸橋の横顔は茜に染まり、長い影を往来に落としている。手には、皮の袋に入った左文字兼平を持参していた。その顔を見れば、丸橋の覚悟のほどがわかった。

丸橋とともに店に入った卯之吉だったが、伴内から聞いた宝珠屋の悪評、そして五十嵐への疑惑の件を持ちださずにはいられなかった。

「質屋をやってますと、いろんな噂が耳に入るんですよ。八丁堀の旦那も立ち寄りますしね。それで、ちょいとお話ししたいことがあります」

卯之吉は身を乗りだした。

「聞こう」

静かに丸橋は身構えた。

「懇意《こんい》にしています南町の旦那から、宝珠屋さんの悪い噂を耳にしたんです」

卯之吉が語り終えないうちに、

「宝珠屋玉次郎が、葉山藩の納戸頭五十嵐庄兵衛殿と通じておるということか」

丸橋の表情に怒りはない。

「……ご存じだったのですか」

「藩内では知られたことであったからのう」

「ならば、五十嵐さまを問いただせば、よかったではございませぬか」

「むろん、そのことも考えた。しかし、いかんせん証がない。証がないどころか、向こうには手代の遺書という絶対の証拠があったからな。五十嵐は刀には目がなくてな。わしの左文字兼平を狙っておったのだ。実際に、わしが左文字兼平を渡せば、処分はおこなわないようなことも匂わされたが、到底、受け入れることなどできはしなかった」

丸橋は武士としての意地を通したのだった。

「しかし、そこまでして守りとおした左文字兼平を、質に入れるというのは……」

やはり考え直されたらいかがですかね」

「昨日も申したはず。妻が病だと。これまで、わしの勝手を通してきた。せめて、女房孝行のひとつもしてやろうという気持ちになったのだ」

丸橋の顔に、自嘲気味《じちょうぎみ》な笑みが広がった。

「さぞや、ご無念でございましょうな」

丸橋の気持ちを慮るように、卯之吉は小さくため息を吐いた。

もはや止めだてはできない。

帳場に行き、手文庫から金を用立てた。小判を勘定しているうちに、丸橋の無念を思い、目頭が熱くなってきた。

卯之吉は元来が涙もろい男である。瞼《まぶた》から涙があふれてどうしようもない。しゃくりあげて、丸橋に渡す五十両を数え終えると、質札を書いた。涙で文字が滲んでしまう。

丸橋は悔しさを胸に秘め、毅然《きぜん》として正面を向いている。さすがは、お侍は違うと感心し、五十両と質札を丸橋の前に置いた。

丸橋は、かたじけない、と受け取った。

「勘定なさらないのですか」

「貴殿を信用する」

また、泣かせる台詞を言ってくれるものだ。

「ありがたいんですが、商いですんで」

「これでも武士のつもりだ。武士たるものが金のことで揉めたくはない。それよりも、わが刀もあらためてくれ」

「昨日、寺社奉行さまの目利きで確かめています」

「しかし、一応は見てもらわねば気が済まぬ」

じつのところ、妖刀への恐怖心があり、日暮れ間近になって目にするのは気が引ける。閉店間際にやってきた丸橋の苦悩を推しはかるべきなのかもしれないが、あまり見たくはない。

卯之吉の逡巡《しゅんじゅん》を見て取った丸橋は、皮の袋から左文字兼平を取りだすと、左手に持った。

左文字兼平に間違いない。

鞘から抜き、頭上にかざした。刀身が行灯の灯火を弾く。

「わ、わかりました」

早くしまってくれとばかりに、卯之吉は声をあげた。

丸橋は鞘に戻した。

「申しておくが、かならず受けだしにまいる。よって、くれぐれも大切に扱ってほしい」

卯之吉は背筋を伸ばし、

「大切に蔵で保管しておきますので、どうぞご安心なさってください」

刀を大切にあずかる気持ちに偽りはないのだが、この刀が受けだされることはないだろう、という気持ちも入り混じった。

「では、これで失礼いたす」

丸橋は五十両と質札を懐に入れると、腰をあげた。

卯之吉は店先まで見送り、

「大切にあずかっておきます。丸橋さま、奥さまをお大事にどうぞ」

卯之吉は深々とお辞儀をした。丸橋は軽く会釈を返し、ぴんと背筋を伸ばして歩き去った。丸橋源五郎に、まことの武士を見たような気がした。

六

三日後の八日の朝、結城家上屋敷の寺社奉行用部屋で、虎龍は書面に目を通していた。

そこへ一平が、

「大変ですよ」

と、例によってあたふたとしながら入ってきた。

白川薫が居合わせたら、一平をけなし、しばらくは小言が展開されるところだ。幸か不幸か、このところ薫は菊乃への和歌指導に徹しているため、藩邸には姿を現さない。

村正以上の妖刀左文字兼平に遭遇したと聞けば、一も二もなく祈禱をしてやると恩着せがましく言いたててくることだろう。

一平が大変だという報告は、兼平か丸橋に絡んだ出来事に違いない。

案の定、

「宝珠屋玉次郎の亡骸が見つかったのです。上野池之端にある稲荷の祠の裏手ですよ」

声を上ずらせながら一平は言った。

虎龍は声こそあげなかったが、驚いたことはたしかだった。丸橋源五郎の仕業ではないか、という疑問と危惧の念が湧きあがる。

一平は続けた。

「玉次郎は、じつにあざやかな手並みで斬られておりました。いや、あざやかというよりは、凄まじいと言ったほうがいいのかもしれません。左の肩から右の脇腹にかけて、袈裟懸けに斬りおろされていたんです。肉どころか骨も断たれておったのですよ。そう、身体が両断されていたんです」

一平は指で、自分の左肩から右脇腹をなぞり、亡骸は真っぷたつだったと言い添えた。

「下手人の腕もさることながら、使った刀も相当な業物《わざもの》であったことが想像されるというわけですな」

一平の言葉に、虎龍は首肯した。

そして、はっきりとは言わないが、その業物が左文字兼平であり、使ったのが丸橋源五郎であるかもしれない、と一平は考えているのだろう。

案の定、

「丸橋源五郎の仕業ってことでしょう。丸橋を捕縛しませんと……」

一平は言った。

稲荷は寺社奉行の領分であり、妖刀兼平が凶器となれば、結城虎龍の出番だと一平は主張した。

その日の昼、虎龍は一平をともない、湯島天神の門前町にある質屋聚楽屋にやってきた。

今日の虎龍は白地に極彩色で表の虎、背中に龍を描いたど派手な小袖を着流している。一平にはお馴染みだが、卯之吉のほうは戸惑った。一平が、お忍びだ、と説明を加える。

さっそく、玉次郎が殺されたことを告げ、丸橋の疑いが濃い、ついては住まいを知りたい、と頼んだ。

「丸橋さまの仕業……いや、そんなことはありませんや」

抗うように、卯之吉が唇を尖らせる。

「どうしてわかるのだ」

一平の問いかけに、

「だって、妖刀左文字兼平は、うちの蔵の中にあるんですよ。兼平以外に、丸橋殿は腰に刀を差しておられたが、竹光であったのです」

目利きをしたときのことが思いだされる。

「だから、丸橋さまの仕業じゃありませんや」

卯之吉は断じた。

「妖刀は、本当に蔵の中にあるのか」

虎龍が乾いた声で問いかける。

「間違いないですって」

むきになって声を大きくした卯之吉は、すぐに、寺社奉行さまにご無礼を申しました、と頭をさげた。

「蔵に鍵はかけておったろうな」

虎龍の疑念は去らない。

「あたしは鍵をかけ忘れるどじじゃありませんん」

「おまえがどじとは言わぬが、念のため調べようではないか」

虎龍に言われ、

「無駄でしょうがね」

言いながらも、卯之吉は承知した。

嫌な予感が当たらなければいいが、と虎龍は思った。


帳場机の抽斗《ひきだし》から卯之吉は南京錠を取りだすと、

「なら、見にいきますよ」

虎龍と一平に声をかけてから、店の裏手にある土蔵へと向かった。一平はいささかの緊張を帯びているものの、虎龍は普段どおりだ。

海鼠壁《なまこかべ》が西日を受け、うっすら朱色を帯びた土蔵はいかにも頑丈そうである。

「火事に遭ったって、この蔵ばかりは大丈夫ですよ。なんせ、お客さまの大事な質草をあずかっていますんでね」

卯之吉は言いながら、南京錠に鍵を入れた。かちっという錠前が開く音がし、卯之吉の手で南京錠が外され、引き戸が開けられた。

「さあ、入ってください」

卯之吉に続いて、虎龍、一平の順で入った。天窓から西日が差しこみ、土蔵の中は明るい。商売ゆえだろうが、しっかりと整理整頓されていた。

着物、小間物、骨董品などにきちんと分類されて、質草が並べられてある。

目立つのは蚊帳だ。長屋の住人のなかには、住居のせまさもあって、夏は布団を入れ、秋になったら入れ替えるように蚊帳を入れ、質屋の蔵を箪笥《たんす》代わりに使う者もいた。

「丸橋さまの刀はここに」

卯之吉は奥へ向かった。ところがすぐに、

「あれ！」

素っ頓狂な声をあげた。

虎龍と一平を振り返って、

「ない」

絞りだすように言うと、卯之吉はその場にへたりこんでしまった。

「本当にないのか。別の場所に置いたのではないか」

虎龍は卯之吉に落ち着くよう求めたが、卯之吉は首を横に振るばかりで、

「あんなおっかない刀、どこに置いたか忘れようがありませんよ」

蚊の鳴くような声で答えた。

「ならば、刀がこっから飛んでっちまったのかい。宝珠屋玉次郎を斬りにいきや

がったか」

　恐怖を取りのぞこうとしてか、一平が冗談めかしたが、卯之吉の目はすぐに恐怖に引きつり、

「そ、そ、そうかもしれません……」

と、唇を震えさせた。

「そんなわけあるまい」

すぐに一平が否定をし、丸橋が土蔵に盗み入って持ちだしたのだ、と主張した。一平らしい早合点だが、虎龍もそう思える。

「だって、鍵はかけてましたよ。蔵の南京錠はね、この鍵以外に絶対に開けられないんですから」

　鍵は、店番をしているときは自分が見ているし、店を空けるときは母親がしっかりと守っている、と卯之吉は強調した。

「この蔵に左文字兼平があることを知っているのは、丸橋だけだろう」

　一平は念を押した。

「だからって、丸橋さまにかぎって……」

　卯之吉は、丸橋に同情しているようだ。

「丸橋が盗んだのではないとしたら、本職の盗人《ぬすっと》の仕業かもしれないな。だがその場合、盗人は刀だけじゃなく、金目の物をごっそり奪ってゆくはずだ。左文字兼平のほかに盗まれた品がないか、調べることだ。盗まれたのが左文字兼平だけだったら、下手人は丸橋源五郎という疑いが濃くなる。もっとも、この段階では玉次郎斬殺の得物が兼平だったか、まだ断定はできぬがな」

さすがに虎龍は冷静である。卯之吉はへたりこんだままだ。

そんな卯之吉を一平が急きたてる。

「おい、ぼけっとしていないで、ほかに盗品がないか、調べろ。もし、盗まれた品があったとしたら、丸橋以外の下手人、玄人の盗人の線も考えられるんだぞ。盗人のなかには、針金一本で南京錠を開けることができる者もいるのだ」

虎龍の推量に従い、帳面と質に取った品々を照らしあわせることになった。

みなで店に戻ってみると、卯之吉の母親のお梅《うめ》が、茶と牡丹餅を用意してくれていた。

「どうしたんだい。べそかいて」

お梅が卯之吉に声をかけた。

卯之吉は心外だとばかりに、

「大事な質草が盗まれたんだ」

「なにをだい」

「妖刀だよ。左文字兼平っていう、すごい刀なんだ」

衝撃から立ち直れず、しどろもどろになって卯之吉が答えると、

「刀……刀って、ひょっとして丸橋さまってお侍の質草かい」

お梅が言ったものだから、

「おっかさん、どうして知ってるんだい」

卯之吉は口を半開きにした。虎龍と一平も、お梅を見直す。

「さっき、受けだしにいらしたんだよ。おまえが、湯屋に行っている間にね。ほら」

お梅に帳面を見せられ、卯之吉は引っ手繰るようにして帳面を見ると、

「なんで早く言わないんだ。おかげで、盗まれたとばかり思ったじゃないか」

卯之吉は胸を撫でおろしたものの、丸橋に受けだす金がよくあったものだ、と疑問を投げかけた。

「ちゃんと五十両と、利子だって二両くれたよ」

お梅が言った。

「二両の利子って、ぼったくりじゃないか。あずかって何日も経っていないんだよ。まったく、がめついんだから、おっかさんは」

質入れの利子は普通、百文借りて四文である。その計算だと、五十両ではたしかに二両なのだが、通常は三月あずけての利子であるから、卯之吉が言うように丸橋が支払った利子は法外と言えた。

ところが、お梅は心外だとばかりに顔を真っ赤にして、

「あたしゃ、断ったさ。お武家さまの大切な刀を質に入れ、しかも日数も経っておりませんので、利子はけっこうでございますってね。でもね、どうしても受け取れって丸橋さまは、きかなかったんだ。あげくに、武士が懐からいったん出した金を引っこめられん、なんておっしゃるからさ。しかたなく受け取ったんだよ。こっちから欲しがっちゃいないさ。おまえ、どうしてもいやだと思うんなら、返しにいきゃあいいだろう」

すっかりと、お梅はむくれてしまった。

「この金、丸橋さまはどうやって工面したっておっしゃってたんだい」

「知らないよ。自分で確かめるんだね。あたしゃね、間違ったことはなにひとつしてやしないんだからね。だいたい、常磐津道楽《ときわずどうらく》なんかしているどら息子に、商

いのことを言われたかないね」

お梅にやりこめられ、卯之吉はしゅんとなったが、

「丸橋殿のところへ行こう」

さっそく、虎龍は声をあげた。向きを変えた卯之吉は動転のあまりか、すってんころりとその場で転んでしまい、またもやお梅から小言を食らう始末だ。

三人は、上野黒門町の丸橋の住まいに向かった。いかにもうらぶれた長屋の一角に、丸橋は住んでいた。

「御免」

一平が声をかける。

すぐに腰高障子が開けられ、丸橋が出迎えた。腰高障子の隙間からは、女が床に臥しているのが見えた。

「ああ、卯之吉殿、留守中に刀を受けだした。その節は金子を融通いただき、感謝を申しあげる」

丸橋は折り目正しく、礼を述べたてた。

卯之吉が応じようとしたところで、病床の妻を思ってか、場所を変えようと虎

きだした。
虎龍が言うと、丸橋はこの近くに閻魔堂《えんまどう》があることを言い、そこへ行こうと歩
「少し話がしたいのだ」
龍が提案した。

閻魔堂の境内に入ると、丸橋は静かに三人と向きあった。その様子からして、
虎龍と卯之吉の来訪を予想していたようだ。
「宝珠屋玉次郎が殺されたのだ。ご存じですね」
一平が問いかけた。
丸橋はうなずく。
「とてもあざやかな手口でして、なにより、相当な業物でないと不可能な斬りか
たでした。身体が両断されてましたからね」
「貴殿は、拙者を下手人と疑っておられるのか」
表情を動かすことなく、丸橋は問い直した。一平が答える前に、
「そんなわけないですよね。左文字兼平を受けだされたのは一刻ばかり前、宝珠
屋玉次郎が殺されたのは、昨日の晩ですもの。丸橋さんの刀は、昨日の晩にはう

ちの蔵ん中でおとなしくいたんですから」

卯之吉が口をはさんだ。

まるで、左文字兼平が生き物のような卯之吉の物言いだが、誰も笑う者はない。

「お聞きのとおりでござる」

丸橋は虎龍に言った。

「失礼ながら丸橋殿、腰の物をあらためさせていただきたい」

虎龍が頼むと、丸橋は少し恥じたような笑みを浮かべ、腰の大刀を虎龍に渡した。持ってすぐに、竹光だとわかった。虎龍は丸橋に戻し、

「せっかく受けだされた兼平はどうなされたのです」

「いまは……さる親戚筋の家にあずけております。女房のために手放してもよい、と一度は思いいたった刀。いくら家宝の名刀といえど、手元に置くのは竹光で十分です」

「なるほど。では左文字兼平のほかに、真剣は持っておられるのか」

「持っておりませぬ」

答えてから丸橋は、家探ししてもかまわぬ、と言い添えたが、さすがにそこまではは遠慮した。病の妻を気遣ってということもあるが、もし、丸橋が下手人であ

るとしたら、これまでに真剣は処分してしまっただろう。

それに、そんじょそこらの刀では、人の身体は両断できない。

「失礼ながら五十両の金、いかに工面された」

次に、気になる点を確かめた。

「それは武士の情け、問わないでいただきたいが……まあ、申しましょう。その、親戚を訪ね歩き、借金をいたした。その際、代わりと言ってはなんですが、兼平もあずけたのです」

丸橋の答えは、とても納得できるものではない。

すると卯之吉が、

「そうだ、これはもらいすぎですぜ」

二両を返そうとしたが、

「受け取れぬ」

丸橋は頑なに受け取ろうとはしなかった。卯之吉も押しつけることはかえって丸橋を傷つけると思ったようで、

「なら、遠慮なく」

と、押しいただくようにして受け取った。

家に戻っていく丸橋の背を見送りながら、

「これで、丸橋さんじゃないって、はっきりとしましたよ」

卯之吉は、丸橋の濡れ衣が晴れたとばかりに喜んでいる。

「きっと、あれですよ。宝珠屋の玉次郎って野郎は、大勢の人間に恨まれていたんですよ。だから、下手人は早くあがると思いますよ」

いかにも世情に慣れたかのような物言いで、卯之吉は言い添えもした。

七

十二日の昼八つ半、虎龍が下城すると、寺社奉行用部屋に一平がやってきた。

虎龍が口を開く前に、

「宝珠屋の一件が気がかりなのでございましょう」

虎龍がうなずいたところで、

「玉次郎に恨みを持っていそうな連中に、あたりをつけてきました」

伴内の協力を得て、玉次郎に恨みを持っていそうな者たちをあたったらしい。

一平にしては気のまわることだ。

かつて玉次郎が奉公していた炭問屋の三河屋の身内、自害した手代・仁吉の身内、さらには、葉山藩の入札に負けた炭問屋たちに聞きこみをおこなったとか。

「怪しそうな者たちは、いずれも町人です。しかし、殺しはあきらかに侍の仕業。手練《てだ》れの者を雇ったんじゃないかと、伴内は見当をつけているようですが、そんな凄腕の侍を雇えるものか、怪しいものです」

いまだ伴内と豆蔵は、町道場や浪人者に聞きこみをおこなっているという。

「丸橋の疑いは晴れたのか」

虎龍が問うと、一平はかぶりを振り、

「まだ、晴れちゃいません。兼平は聚楽屋の土蔵にありましたので、丸橋がほかに真剣を持っていなかったのか。それをあたっているところですが、おそらくは見つからないだろうと拙者は睨んでおります。伴内もあきらめていますね。刀ひと振りを手に入れ、しかも捨てるのは、案外と簡単ですからね」

「しかし、一刀のもとに身体を両断できるような刀となると、そうそう手には入るまい。無銘《むめい》の隠れた逸品《いっぴん》だとしても、それなりに値は張るだろう」

「ごもっともです」

一平は浮かない顔になった。

もう一度、宝珠屋玉次郎殺しを考えてみる。

身体を両断するような斬撃、腕と刀がそろわなければできない仕業である。

下手人が商人から雇われたのだとしたら、やはり浪人者であろう。金目あての仕業と考えるのが自然だ。いや、旗本、大名家の藩士でも、先祖伝来の業物を使えばできないことはないか。

考えがまとまらないが、となるとやはり丸橋源五郎に行き着いてしまう。

左文字兼平は聚楽屋の蔵にあった。それは間違いない。

ぼんやりと一平の顔を見ていると、

「卯之吉は、丸橋が左文字兼平を質に入れにきたとき、確かめたのだな」

一平は、おやっとした顔になった。

それから、念のためにもう一度、聚楽屋に行ってきます、と言ってその場を去った。

「卯之吉は見なくていいって言ったそうですが、丸橋がそれではいかんと抜いて見せてくれたそうです」

しばらくして戻ってきた一平の話に、虎龍は不穏なものを感じた。

「寺社奉行さまが目利きをしてくださり、本物の兼平だとわかりましたので、質入れの際は一瞥《いちべつ》しただけだったそうです。兼平にまつわる因縁話を知って、薄気味悪かったからでしょう」

「わかった」

虎龍は大刀を持ち、立ちあがった。

「どうしたのです」

戸惑う一平には返事をせずに、今度は虎龍が用部屋を出ていった。

一刻後、

「御免」

丸橋の家の腰高障子の前で声をかけた。いまの虎龍は、ど派手なお忍び姿ではなく、羽織、袴を身に着けていた。

すぐに丸橋が出てきた。

すでに夜の帳《とばり》はおりている。丸橋は、虎龍がやってきた理由を問うことはなかった。達観した様子である。

どちらからともなく歩きだし、先日行った閻魔堂に向かった。

無人の閻魔堂前で、

「貴殿が宝珠屋を斬ったのだな」

ずばり聞いた。

初夏にもかかわらず、肌寒い夜風が襟から忍びこんでくるが、緊張のため寒くはない。澄み渡った夜空は、満天の星に彩られていた。

「いかにも」

丸橋は認めた。

「卯之吉をどうやって欺《あざむ》いたのだ。いや、答える前に、わたしの考えを申す。卯之吉を訪ねたのは閉店間際、そして、卯之吉は兼平かどうかを疑っていない。竹光に銀紙を巻いたとしても、左文字兼平と思いこんでいる卯之吉には、本物だと通用しただろう」

淡々と虎龍が推量を述べたてると、

「ご名答でござる」

これまたあっさりと、丸橋は認めた。

「なぜ宝珠屋を斬った」

「許せなかった。拙者を陥れたことも許しがたいが、そのために罪もない手代を死に追いやったことが許しがたい。このままでは死ねぬ」

「受けだしの五十両はどうした。贋物の刀とはいえ、貴殿はたしかに五十両を返した。女房殿の薬代に使ったのだろうが、どうやって工面したのだ。言っておくが、親戚をまわって借り集めただの、露《つゆ》ほども信じておらぬぞ」

「……薬の甲斐なく、妻は死んだ。すべては無駄なことだ」

丸橋は答えをはぐらかした。

「それは気の毒な話ではあるが……ふたたび問おう。五十両はどうしたのだ」

虎龍の問いかけには答えず、丸橋は刀を抜き放った。

星影を弾き、妖しい光を放っている。

虎龍は抜かない。鞘におさめたまま、右手をそっと柄に添えた。

「居合か」

丸橋は低い声を放つと、大上段に構えた。

次いで、じりじりと間合いを詰めてくる。

腰を落とすほか、虎龍は動かない。

「てや！」

裂帛の気合いとともに、丸橋が刀を振りおろした。

虎龍は左足を引き、右手で大刀を抜くや、払い斬りを繰りだす。

右手に妙な感触を得たと思うと、丸橋の刀が真っぷたつに切断された。

すばやく納刀し、丸橋に向く。

「竹光か……本物の左文字兼平はいかがされた」

丸橋は、両断された竹光を放り投げた。苦笑を浮かべ、

「わしは汚い男。宝珠屋玉次郎を笑えぬ卑怯者でござる」

宝珠屋玉次郎の殺害に使用したあと、左文字兼平は、葉山藩納戸頭・五十嵐庄兵衛に渡したそうだ。受けだしに使った五十両は、その代金だという。

五十嵐は、妻の薬代と葉山藩への帰参《きさん》を餌に、左文字兼平と宝珠屋玉次郎の口封じを、丸橋に持ちかけてきた。

いったんは噂を沈静化させたものの、またも宝珠屋から賂を受け取っているという評判が藩内に立ち、五十嵐は玉次郎が邪魔になった。出世の道を閉ざされてはかなわないと、玉次郎を始末することを決意。使い捨てにした丸橋の窮状に目をつけて、誘いこんだのだった。

「わしは餌に食らいついてしまった。恥ずべき所業、もはや武士ではない」

吐き捨てると丸橋は脇差を抜き、腹に突きたてた。虎龍には止める暇もなかった。膝から崩れた丸橋の背中を抱き、

「丸橋殿」

と、強く揺さぶった。

丸橋は虫の息である。

どうやら、竹光で勝負した段階で、死を覚悟していたようだ。

「貴殿の無念、わたしが受け止めた。女房殿とあの世で平穏に暮らされよ」

語りかけると、丸橋は笑みを浮かべ、がっくりとうなだれた。

虎龍の目に、星の輝きが悲しく映った。

八

五十嵐庄兵衛許すまじ……

邪なる者を斬れ、と虎が吠え、龍が睨んでいる。

身体中の血が怒りでたぎった。

抑えていた憤怒の念で、全身が火照る。

二日後、虎龍は愛宕大名小路にある葉山藩加納家の上屋敷を訪れた。

五十嵐に、名刀を拝見したい、と申し入れてある。

虎龍は、御殿奥の書院に通された。公務ではなく私用であることから、表に虎、背中に龍を描いたど派手な小袖を着流しにして、五十嵐と面談に及んだ。

五十嵐は五十路なかば、角張った顔、がっしりとした身体を羽織、袴に包んでいる。小袖からのぞく腕は丸太のように太く、日に焼けた浅黒い顔と相まって、武芸の鍛錬《たんれん》を怠っていないことがうかがえる。刀剣に目がないだけあって、剣の腕も相当なものなのだろう。

「優れた業物を手に入れられたとか」

虎龍が問いかけると、

「そうなのです」

待ってましたとばかりに、五十嵐は左文字兼平を差しだした。その表情は、喜びに満ちあふれている。誰彼かまわず、自慢したくてたまらないのだろう。

「拝見」

両手に袱紗を添えて受け取ると、抜刀した。

左文字兼平に間違いない。

やはり、五十嵐は丸橋から手に入れたのだ。

「すばらしい刀にございますな」

兼平を賞賛して、五十嵐を見た。五十嵐はわが意を得たりとうなずく。続いて虎龍は、しげしげと左文字兼平を眺めると、

「相州伝左文字兼平、とお見受けいたす」

「さすがは、結城大和守さま。まさしく左文字兼平です」

「やはりそうでしたか。いや、噂に違わぬ逸品でござるな。まさしく血の匂いがする」

真顔で見返す。

「ご存じでござりましょう。左文字兼平には、血を吸えば切れ味が増すという伝承があります」

悪びれることなく五十嵐は返した。

「いまも血の匂いが、ぷんぷんといたす。近々にも血を吸ったようだな」

淡々と語る虎龍に、さすがに五十嵐も不快感を募らせたようだ。

「最近と申されますか」

おずおずと五十嵐は問うてきた。

「いかにも」

「よもや、それがしが、人を斬ったと申されるのでしょうか」

五十嵐の声が低くくぐもった。

「五十嵐殿が斬ったとは申さぬ。左文字兼平が血を吸った。宝珠屋玉次郎の」

虎龍は左文字兼平を鞘に戻し、五十嵐に渡した。五十嵐は受け取り、

「大和守さま、おっしゃることがわかりませぬ……」

語調は乱れ、表情は険しくなった。

「五十嵐殿がかつての部下、丸橋源五郎に、宝珠屋玉次郎を斬らせたということですよ」

虎龍は乾いた笑い声をあげた。

「な、なんと……そんな出鱈目を……寺社奉行の重責を担うお方の言葉とは思えませぬ」

「刀剣好きのわりには、刀の扱いがぞんざいであるな。刀身には血糊が残っておるぞ」

鎌をかけた。

はっとなった五十嵐が左文字兼平を抜き、目を皿にして刀身を舐めるようにして見る。そのがっついた様子は、滑稽《こっけい》で醜いものだった。

「馬鹿め、墓穴を掘りおって。血糊を確かめるおのれの浅ましき姿こそが、なによりの証しだ。観念せよ、五十嵐庄兵衛」

虎龍は役者ばりの見得《みえ》を切った。

「よくも」

五十嵐の顔が歪む。

「武士の魂である刀には、持ち主の心根が現れるのだ。邪なる者が持つ左文字兼平は、妖刀から邪刀と化した」

「黙れ！」

立ちあがるや五十嵐は、左文字兼平を大上段に振りあげた。妖刀に魅入られたような動きであった。常軌を逸した三角の目で、虎龍を睨む。

五十嵐を見据え、虎龍も腰をあげると大刀を取り、腰に差した。

次いで、書院を出て濡れ縁を横切り、飛びおりる。

枯山水《かれさんすい》の庭が広がっている。真っ白な砂に苔むした奇岩《きがん》が置かれ、幽玄《ゆうげん》の風情を漂わせていた。

五十嵐が濡れ縁に立ち、

「出会え！　曲者じゃ」

と、大音声を発した。

複数の足音が聞こえ、葉山藩の藩士たちがやってきた。ど派手な小袖を着流した虎龍を見て、彼らは戸惑いの表情を浮かべた。

「こやつ、わしが刀剣好きと耳にして、まがい物を売りつけんとやってきた。わしが我楽多《がらくた》だと看破《かんぱ》してやったら、逆上してわしの命を奪わんとした。かまわぬ、斬って捨てよ」

五十嵐は早口にまくしたてる。

「まがい物かどうか、腕で示そうではないか」

虎龍は抜刀し、大刀の柄を右手だけでつかむと、切っ先を空に向けた。

「結城無手勝流、龍の剣！」

裂帛の気合いを発し、身体を回転させはじめる。

意表をつく虎龍のおこないに、五十嵐たちは唖然としたが、

「早く、斬れ！」

我に返った五十嵐の命令で藩士たちは大刀を抜き、虎龍を囲んだ。

その間にも、虎龍の動きは早まってゆく。大刀が軸と成し、身体が巨大な独楽《こま》のように回転している。強い風が吹きすさんだ。

白砂も舞いあがり、石礫《せきれき》となって藩士たちに襲いかかる。藩士たちはたじろぎ、虎龍に殺到できないどころか、自分たちも虎龍を中心とし、うろたえるばかりだ。

虎龍の動きは激しさを増してゆく。

「天を翔《かけ》るぞ！」

虎龍は雄叫びをあげ、跳びあがった。そのまま飛ぶようにして、藩士たちに峰打ちを叩きこんでいく。

青空が広がっているのに、敵の目には稲光《いなびかり》が走り、雲をつかむ龍が天空を駆けのぼってゆくように見えた。虎龍の着物に幻惑されたのだ。

藩士たちは、あたかも龍が巻き起こした竜巻に巻きこまれたかのように、次々と倒れていった。

残るは、濡れ縁で立ち尽くす五十嵐だけだ。

五十嵐が斬りかかってきた。

やおら、虎龍は納刀し、片膝をついた。

またしても予想外の虎龍の動きに、五十嵐は足を止めたものの、振りあげた左文字兼平を凄まじい形相で斬りさげる。

虎龍はそのまま大刀を横に一閃させた。

びゅんと風が鳴り、五十嵐の髷が宙を舞う。

ざんばら髪となった五十嵐は、両手で頭を抱えて悲鳴をあげた。

五十嵐庄兵衛は、左文字兼平を取り落とし、尻餅をついた。

虎龍は左文字兼平を拾いあげると、頭上高く放り投げる。

左文字兼平は好天に吸いこまれたあと、切っ先から一直線に落下してきた。

「妖刀、眠れ」

虎龍は、大刀で斬撃を加えた。

左文字兼平は両断され、地べたに落ちた。

妖刀は邪なる者の手を離れ、残骸《ざんがい》となり、その使命を終えた。

「成敗、完結」

虎龍は仁王立ちをして、大刀を鞘に戻した。

心地よい鍔鳴《つばな》りが、野鳥の囀《さえず》りに重なった。

後日、五十嵐の不正はあきらかとなり、葉山藩は切腹に処した。五十嵐の屋敷からは多数の刀剣が見つかったが、贋物ばかりであったそうだ。

無類の刀剣好きが唯一手に入れた本物の名刀は、妖刀であった。そして、五十嵐もまた、左文字兼平に魅入られ、みずからを亡ぼしたのである。

一件が落着してから、寺社奉行用部屋に白川薫がやってきた。

空梅雨だと思われたが、二十日から連日の雨、しかも土砂降りの日が続いている。今日は二十八日、両国《りょうごく》の川開きの日だというのに、朝から雨模様だった。

「どじ平から耳にしたんやが、妖刀に絡んだ一件を扱ったそうやな」

いかにも自分に声をかけなかったのが不満そうだ。

屋根を打つ雨音も、薫の不機嫌さをさらに募らせているようで、天井を剣呑な目で見あげた。

「今回は、白川殿のお力に頼るまでもなかったのです。もっと手強かったら、白川殿の祈禱に縋ったのですが……なにせ白川殿の祈禱は、奥の手ですからな、滅多に使うべきではないと存じます」

慇懃《いんぎん》にお辞儀をして、虎龍は薫の自尊心をくすぐった。

案の定、薫は笑みを広げ、

「そない水くさいこと言わんでもええわ。麻呂と虎龍さんの仲や。これからは遠慮せんと、いつでも頼ってや」

上機嫌に応じた。

つくづく幸せなお公家さんである。

そうだ、薫なら百合の幽霊を呼びだしてくれるのではないか。

知りあってからそこそこに日数が経っているが、不思議にもその発想はいままで浮かばなかった。

「白川殿、頼みが……」

ここまで言ったところで、口をつぐんだ。

やめておこう。

薫を信用しないのではない。薫が呼びだしても現れなかったら、もはや永遠に会えない気がしたのだ。

それに、どうせならば、自分の呼びかけで会いにきてほしかった。

そうだ、薫は奥の手だ……。

「なんや、虎龍さん」

薫は上機嫌で問い返した。

「あ、いや、べつになんでもありませぬ」

「言うたやないか。遠慮はいらん。麻呂と虎龍さんの仲や」

「ならばお願いいたします。わたしにも和歌を教授くだされ」

咄嗟に取り繕って頼むと、

「おやすい御用や。ほな、さっそく歌を詠みに出かけようか」

薫は言った。

よけいなことを言ってしまった、と虎龍は心の底から悔いた。


夕刻となり、虎龍は百合の位牌に一日の出来事を語り終え、御殿の濡れ縁で腰をおろした。

心地よい夕風が月代を通り抜け、虎龍は瞼を閉じるとしばし初夏の移ろいに身をゆだねた。

すると、

「殿……虎龍さま……」

と、彼を呼ぶ声が聞こえた。

「その声は……」

胸の鼓動が高鳴る。

「百合……ひょっとして百合なのか」

おずおずと返事をすると、

「嫌ですわ。わたくしの声をお忘れですか」

すねたような声音で、百合は虎龍を批難した。

「すまぬ、抜かっておった。そなたは我が妻、百合だ。よく、会いに来てくれたな」

虎龍は目をつむったまま、ゆっくりと腰をあげた。

「とてもよい時節ですもの。しばらくぶりに虎龍さまと御庭を散策したくなったのです。お嫌ですか」

「嫌なはずなかろう……よし」

心を躍らせて、虎龍は庭におりたった。

視界が茜に彩られているのは、閉じた瞼に夕陽が差しているからだろう。

果たして、目を開けたら百合はいるのだろうか。

無人の庭が広がっているだけではないのか。

「なにを躊躇っておられるのですか。さあ、ご一緒に……」

百合に誘われ、おずおずと瞼を開いた。

薄ぼんやりとした情景が広がり、池の畔に女が立っている。紫地に百合の花模様が描かれた小袖に濃紺の帯、百合が気に入っていた装いだ。

百合と思しき女は背中を向けている。

なよやかな柳腰、抜けるような白いうなじはまごうかたなき百合だ。

「百合……」

虎龍は歩を進め、百合の背後に立った。目頭が熱くなり、百合のうなじが白く霞む。

袖で涙を拭うと、虎龍は背後から百合を抱きしめた。

甘い香が鼻腔に忍び入り、懐かしさと限りない慈愛が胸いっぱいに広がった。より百合を感じようと、両の腕に力をこめる。

と、忽然と百合は消えてしまった。

「百合……どこへ」

虎龍は虚しく空を切った腕を見ていたが、やがて視線を落とした。

一輪の百合が、真っ白い花を咲かせていた。微風に揺れ、虎龍に微笑みかけているようだ。

百合は冥途で自分を見守っていてくれるのだ、と虎龍は確信した。百合の花に向かって両手を合わせ、百合の冥福を祈った。

「幽霊となって現れてくれなくともよい。冥途で安らかに暮らしてくれ」

虎龍は空を見あげた。

あざやかな虹が架かっていた。

コスミック・時代文庫

はぐれ奉行《ぶぎょう》 龍虎《りゅうこ》の剣《けん》
滅びの妖刀

2023年4月25日　初版発行

【著 者】
早見《はやみ》 俊《しゅん》

【発行者】
相澤　晃

【発 行】
株式会社コスミック出版
〒154-0002 東京都世田谷区下馬 6-15-4
代表　TEL.03(5432)7081
営業　TEL.03(5432)7084
　　　FAX.03(5432)7088
編集　TEL.03(5432)7086
　　　FAX.03(5432)7090

【ホームページ】
http://www.cosmicpub.com/

【振替口座】
00110-8-611382

【印刷／製本】
中央精版印刷株式会社

乱丁・落丁本は、小社へ直接お送り下さい。郵送料小社負担にて
お取り替え致します。定価はカバーに表示してあります。

ISBN978-4-7747-6466-5 C0193